La bague
aux trois hermines

1, rond-point du Général-Eisenhower, 31101 Toulouse Cedex 9, France.
editionsmilan.com

Illustration de couverture : Rebecca Mock

Dépôt légal : mars 2021
ISBN : 978-2-4080-1835-1
Achevé d'imprimer au 1er trimestre 2021 en Italie par Grafica Veneta,
sur du papier issu de forêts gérées durablement.

Plus d'informations sur la fabrication de nos livres :
editionsmilan.com/comment-fabriquons-nous-nos-livres

Tu vides tes étagères et
connais ce livre déjà par cœur ?
Donne-le !

Évelyne Brisou-Pellen

La bague aux trois hermines

MILAN

1

Une chambre bien calme dans un château bien agité

– Damoiselle Isabelle ! Ça y est !

La porte de la chambre s'était ouverte d'un coup, violemment, comme poussée par un terrible courant d'air.

Isabelle leva la tête. Elle était si habituée à ces intrusions soudaines qu'elle arrivait maintenant à ne plus sursauter, ce qui lui évitait de faire des bavures sur son parchemin.

Sans quitter sa haute chaise, elle posa sur le rebord du chevalet la plume de cygne avec laquelle elle écrivait et adressa un sourire affectueux à la petite fille qui venait d'entrer.

– Ça y est ! Ils commencent à arriver !

– Raconte-moi, Alix : qui est arrivé ?

– Eh bien, attendez…

Alix ferma les yeux pour réfléchir, puis, comptant sur ses doigts au fur et à mesure qu'elle annonçait des noms, elle débita :

– Le comte Robert de Tury, le duc Foulques, Pierre de Vallès, un Vincent quelque chose, et Alard… de Trans… de Trass… euh…

– De Treford ?

– C'est cela !

Isabelle lissa du plat de la main son parchemin pour lutter contre la fâcheuse tendance qu'avait celui-ci à vouloir s'enrouler. Examinant un à un le bout des plumes de cygne qui n'avaient nul besoin d'être taillées, elle demanda enfin du ton le plus détaché qu'elle put :

– Comment sont-ils ?

– Bah ! soupira Alix en sautant sur l'estrade qui portait le vaste lit à rideaux. Pour l'instant, je n'en ai pas vu un seul que j'aurais envie d'épouser… Mais je ne veux rien vous dire maintenant, j'attends que tout le monde soit arrivé.

Elle caressa avec ravissement la couverture cousue de douces fourrures d'hermines, puis, adressant un clin d'œil à sa jeune maîtresse, elle ajouta :

– Je vais d'abord faire mon enquête...

Isabelle sourit encore : quand la petite fille était dans sa chambre, tout était plus bleu, plus gai, mais aussi presque étourdissant.

– Assieds-toi sur le coffre à vêtements, Alix, ou bien sur celui qui contient mes fuseaux, il est plus confortable, mais cesse de tourner ainsi !

– Vous savez bien que je ne peux pas m'asseoir, damoiselle Isabelle ! J'ai besoin de mouvement !

– Viens ici, je vais te peigner un peu. Tu as encore oublié de le faire ce matin !

– Oh ! damoiselle Isabelle, ce n'est pas à la maîtresse de peigner la servante. Si dame Eusébia le savait !

Isabelle se mit à rire, en rejetant en arrière ses longs cheveux blonds qu'elle n'avait pas tressés aujourd'hui :

– Je te trouve bien timorée, tout à coup. Voilà que tu t'occupes de l'opinion de dame Eusébia !

La petite grimace que fit Alix plissa comiquement son nez d'enfant.

– Vous voyez, remarqua-t-elle, dès que j'essaie d'être raisonnable, vous vous moquez de moi.

Isabelle se leva en retenant d'une main son long surcot* de taffetas bleu, très sobre. Elle ne portait aucun autre bijou qu'un petit bracelet d'argent qui lui venait de sa mère et, comme elle se penchait pour ouvrir le petit coffret posé sur un meuble bas, Alix demanda :

– Pourquoi ne mettez-vous jamais les pendants d'oreilles que vous a offerts votre père, ni le magnifique surcot fourré de zibeline ?

– Je les garde pour une grande occasion.

– Votre mariage, par exemple ?

Isabelle ne répondit pas. Elle sortit du coffret un peigne d'ivoire et fit asseoir Alix :

– Tu sens bien bon, aujourd'hui, remarqua-t-elle en plongeant le peigne dans l'épaisse toison.

– C'est que j'ai mis dans ma paillasse des feuilles de menthe fraîche ! Aïe ! Vous me tirez les cheveux !

– Ils sont si emmêlés… dit Isabelle. Tu devrais de temps en temps te regarder dans mon miroir,

---

* Robe de dessus, portée au Moyen Âge par les hommes et les femmes.

le nouveau, tu sais, celui qui est en verre doublé d'argent. On s'y voit de façon si claire qu'on pourrait même y examiner le grain de sa peau…

Elle saisit une mèche entre ses doigts fins et ajouta :

– Tes cheveux sont étonnants, tout à fait étonnants : certains jours, j'affirmerais qu'ils sont couleur de châtaigne, et d'autres, roux comme le poil du renard, ou blonds comme mes fils d'or. Lorsque tu étais bébé, ils étaient si clairs qu'on les aurait presque crus blancs.

Alix secoua sa crinière longue et frisée :

– Je vous connais bien, dit-elle, vous parlez de mes cheveux pour éviter de parler de votre mariage.

Isabelle poussa un soupir.

– J'essaie de ne pas y penser. C'est à mon père de décider, et mon père a beaucoup d'affection pour moi : je peux compter sur lui pour faire le meilleur choix.

– Un vieux père n'a pas forcément les mêmes goûts qu'une jeune fille de dix-huit ans, grogna Alix. Moi, parmi les prétendants qui sont arrivés aujourd'hui, je n'en choisirais aucun.

Isabelle tira rêveusement sur les cheveux embrouillés.

– Tu n'as que dix ans, dit-elle enfin, tu ne comprends pas tous les problèmes.

– Ce que je comprends, c'est que votre père vous enferme ici pour pouvoir choisir tranquillement votre époux. Si votre mère avait vécu…

– Non, Alix, tu exagères. Je suis sa fille unique, et il m'aime plus que tout. S'il me demande de m'enfermer dans ma chambre tant que les prétendants seront au château, c'est pour m'éviter des déceptions : puisque je ne verrai aucun des époux possibles, je n'aurai pas de regret lorsqu'on me présentera celui qui a été choisi !

Alix se leva d'un bond, et elle poussa un cri, car elle avait complètement oublié la présence du peigne, qui venait de lui tirer brusquement les cheveux. Elle porta d'un geste automatique la main à sa tête, tout en continuant :

– Je vous trouve beaucoup trop résignée. Ah non, alors ! Moi, je ne supporterais pas une chose pareille. Quand j'en aurai l'âge, je choisirai seule mon mari !

Isabelle eut un pauvre sourire :

– Moi aussi, j'en rêvais, jusqu'à ce que je me rende compte que j'étais l'héritière d'une grande fortune, de terres importantes…

Elle n'acheva pas sa phrase. Son menton tremblait un peu et, tout de suite, Alix sut qu'elle avait encore commis une sottise. Elle serra aussitôt ses bras autour de la taille de la jeune fille :

– Oh ! Isabelle, excusez-moi, dit-elle. Je vous fais du chagrin…

Elle frotta sa joue sur le doux tissu, puis d'un coup s'écarta, prit sa maîtresse par les mains, et dit d'un ton sérieux :

– Je vais faire l'espionne pour vous. Vous n'avez pas le droit de voir les prétendants, mais moi, si !

Isabelle contempla la petite fille avec beaucoup d'affection. Pour la première fois depuis longtemps, Alix l'avait appelée seulement par son prénom, sans « damoiselle » ; cela voulait dire qu'elle se sentait son amie plus que sa servante. Elle serra dans les siennes les petites mains fines et nerveuses, détailla le visage si expressif, aux traits à la fois délicats et volontaires, un peu trop brun, peut-être, mais éclairé par des yeux noirs et pétillants de malice. Elle se dit qu'Alix devenait une enfant ravissante. Déjà, elle avait été un bébé si rieur, si agréable !

Le jour où Thomas, le petit palefrenier, avait amené au château cette adorable fillette qui n'avait pas deux ans, immédiatement les cuisinières, les forgerons, les lavandières, les couturières, tout le monde l'avait adoptée. Son frère avait expliqué que leurs parents étaient morts, et il avait sollicité du seigneur Orderic le droit de garder la petite avec lui. Depuis ce temps-là, tout avait été plus gai au château.

– Et comment vas-tu t'y prendre, mon petit espion ?

– Ne vous en faites pas, damoiselle Isabelle, j'ai mon idée.

Le clocher de la chapelle sonna deux coups.

– Quelle heure est-il ? s'inquiéta soudain Alix.

– Je crois que c'est sexte* que les cloches viennent de nous annoncer.

– Déjà ! Aïe ! Je vais encore me faire gronder, aux cuisines : j'étais seulement partie puiser de l'eau, et Basilie doit toujours l'attendre pour mettre les légumes à cuire !

---

* À peu près midi.

Elle bondit vers la porte en criant qu'elle reviendrait dès que possible et disparut aussi vivement qu'elle était arrivée.

Restée seule dans la grande chambre silencieuse, Isabelle hocha la tête avec indulgence ; puis elle poussa un soupir qui ne s'adressait qu'à elle-même, se réinstalla sur son siège, reprit sa plume de cygne et la trempa rêveusement dans l'encre de couleur.

Allons ! Il fallait reprendre son ouvrage là où elle l'avait laissé. Elle chercha dans la page du gros volume relié en cuir – étalé sur le côté droit du chevalet – l'endroit où elle était rendue quand Alix avait fait irruption dans sa chambre.

Lorsque le chapelain du château lui avait confié ce travail, elle n'avait pas pensé que ce serait si fatigant, si difficile : la copie d'un manuscrit, elle ne s'y était encore jamais essayée.

Elle avait donc accepté ces vingt-six cahiers de parchemin à retranscrire d'une écriture propre et nette, tout d'abord en latin, puis en grec, et ensuite en hébreu. C'était cette dernière langue qui lui posait le plus de problèmes, car elle ne la parlait pas couramment et ne comprenait pas tout.

Elle se rendait compte maintenant que cela constituait un travail harassant, qui fatiguait les yeux et brisait les reins, mais aussi… qui occupait l'esprit, et c'est pourquoi elle ne regrettait pas de l'avoir entrepris. Dans dix jours au plus, elle serait mariée, mariée pour toute sa vie avec un homme qu'elle ne connaissait pas, et cela, il valait mieux ne pas y penser.

2

Comment disposer de plus de temps

Tout en courant dans l'escalier de pierre, Alix essayait d'inventer une excuse plausible à son retard. Au bas de la tour, près de la porte, elle aperçut le seau qu'elle avait déposé avant de monter. Personne ne l'avait trouvé, c'était déjà une bonne chose ! Sans ralentir l'allure, elle en saisit l'anse et se précipita vers le puits qui trônait au centre de la cour, puis elle accrocha le récipient au bout de la grosse corde et commença à le faire descendre.

Elle ne pouvait tout de même pas raconter que le puits s'était tari !… À moins qu'elle ne dise qu'elle s'était foulé le pied… non, il lui faudrait boiter au moins pendant tout le reste de la journée, et ce serait ennuyeux. Ou bien elle pourrait prétendre que le seau s'était percé et qu'elle avait dû le faire réparer. Mais la cuisinière était la femme du forgeron et, dès ce soir, son mensonge serait connu. Oh, et puis tant pis, elle dirait qu'elle était allée voir leur damoiselle, et elle se ferait gronder un peu, car elle avait bien mal choisi son moment pour grimper à la tour… Oui, évidemment… seulement, elle ne pouvait pas deviner qu'elle verrait justement arriver les seigneurs invités au château !

Tout en remontant l'eau, elle songeait qu'il lui faudrait disposer de beaucoup plus de temps qu'elle n'en avait.

– Veux-tu que je t'aide, Alix ? s'écria un soldat qui traversait la cour.

– Ça va bien, merci, tu sais que je suis forte comme un cheval !

Le soldat se mit à rire, et un autre avec lui. Cela déclencha l'aboiement des chiens du chenil, et le boulanger passa la tête par la porte, tout rouge de la chaleur de son four.

– Ça va, Alix ?

– Très bien, mais ça irait beaucoup mieux si j'avais moins de travail !

Elle n'avait pas le temps d'écouter les plaisanteries qui fusèrent, prétendant qu'on la voyait beaucoup plus souvent rôder dans les couloirs qu'acharnée à un dur labeur. Elle les laissait dire, car, de toute façon, elle savait qu'ils étaient tous ses amis et qu'ils se seraient fait couper en quatre pour elle.

Il lui faudrait plus de temps, elle en revenait toujours à cette idée, et elle la mâchonnait encore en arrivant à la cuisine.

Dans l'entrée de la grande pièce chaude et accueillante qui ouvrait directement sur l'extérieur, Alix faillit buter contre Basilie, qui l'attendait de pied ferme, le poing sur la hanche :

– Ah ! Tout de même ! lança-t-elle de sa voix forte, en faisant trembler son double menton. Heureusement qu'on ne t'attendait pas pour éteindre un incendie !

Elle jeta un coup d'œil dans le récipient de bois et prit un visage plus fâché encore :

– Et naturellement, tu n'as pas eu la patience d'attendre que le seau tombe tout au fond de l'eau. Regarde ce que tu me ramènes : à peine de quoi faire cuire une branche de persil ! À moins que tu en aies renversé en chemin, en esquissant un petit pas de danse, par exemple…

– Je suis tout à fait désolée, Basilie, s'excusa Alix, avec un sourire à la fois contrit et enjôleur.

Elle fixa un instant la meule à moutarde, puis son visage s'éclaira :

– Qu'est-ce que tu fais à manger, qui sent si bon ? C'est de l'ours ?… Non, du chevreuil, je parie !

Tout en versant l'eau de son seau dans la grande marmite, elle jeta un coup d'œil vers la bête qui rôtissait doucement.

– Un mouton ?

– Un sanglier, tout simplement, grogna Basilie d'une voix toujours aussi rogue.

– Nous allons le farcir avec du pain, de l'ail et de la viande hachée, annonça une jeune fille rougeaude qui remontait juste de la resserre.

– Avec de la menthe et du fenouil, hein Manon ? supplia Alix. Et si tu veux, je peux moudre le poivre.

Puis elle ajouta à l'intention de Basilie :

– Sans en gaspiller !

– Sais-tu ce que je t'ai prévu pour ce soir, Alix ?

C'est Flandrine qui venait de parler. La petite tourna la tête vers le coin de la fenêtre, où la grosse fille joviale triait pour l'heure des lentilles.

– Je t'ai fait cuire du blanc-manger* et une belle fouace.

– Du blanc-manger ?

– Assez ! s'écria Basilie. On ne peut jamais gronder cette enfant. Tout de même, elle est en tort, non ? J'attends tes explications, Alix !

La petite posa son pilon à poivre. Aujourd'hui, Basilie ressemblait vraiment à un dindon en colère. Elle n'allait pas la lâcher comme cela.

L'accusée leva les yeux vers les niches, dans le mur, où l'on rangeait les pichets et les plats en terre, et son regard s'arrêta sur la pile de torchons bien pliés. La révélation fut fulgurante. Le sourire éclaira le petit visage mat, et elle décréta :

– Eh bien ! Voilà : à partir d'aujourd'hui, je suis affectée à l'entretien du linge. Au lieu de partager mon temps entre cuisine et lessive, je ne m'occuperai que de la lessive.

---

* Plat préparé avec du riz, du poulet, du lait d'amandes et du sucre.

Les trois cuisinières en restèrent bouche bée, contemplant la fillette d'un air étonné, toutefois elles ne firent aucun commentaire. S'il en avait été décidé ainsi, il n'y avait pas à revenir dessus.

Basilie se mit à déplacer des gobelets sur l'étagère, en frotta vigoureusement un qui n'en avait pas vraiment besoin, puis raccrocha son torchon à sa ceinture.

– Hé bien, bougonna-t-elle enfin, essaie de ne pas tomber dans un cuvier de lessive !

Elle raccrocha un gril en place, souleva un pot de safran, le reposa à la même place.

– Il faut que je file ! déclara aussitôt Alix. Avec tous les grands personnages qui sont arrivés !...

Tout en saisissant entre le pouce et l'index un petit morceau qui s'était détaché du pain de sucre, elle finit :

– Si chacun est aussi pointilleux sur la blancheur du linge que notre maître, le travail ne va pas manquer !

Elle glissa religieusement l'éclat de sucre dans sa bouche, fit courir son ongle sur les pots à épices bien alignés sur l'étagère, et disparut par la porte.

– Ça alors ! bégaya Basilie.

Manon et Flandrine se levèrent lourdement et, sans rien dire, commencèrent à empiler au bout de la grande table les pains de seigle que le boulanger venait de cuire pour les lévriers du comte.

– Pauvre petite, souffla enfin Flandrine, elle qui a horreur de faire la lessive !

– Elle semble prendre la chose moins mal qu'on aurait pu le craindre.

– Elle n'avait même pas l'air triste de ce changement, ajouta Basilie. Peut-être devient-elle raisonnable ?

Depuis le seuil de la porte, elle suivait du regard la petite silhouette qui passait en courant le pont-levis de l'enceinte du donjon. Elle quittait la haute cour, que le seigneur Orderic nommait toujours « cour d'honneur », et gagnait la cour basse, où se pressaient à l'ombre des remparts extérieurs les échoppes des artisans.

– Je ne la vois plus, soupira Basilie. Elle a tourné à gauche : c'est donc bien vrai, elle va au lavoir !

•

Alix arriva à la porte des remparts principaux en même temps que le visiteur. Elle disparaissait presque derrière l'énorme bouquet d'iris sauvages qu'elle venait de cueillir dans les marais, le long de la rivière, et c'est le bruit des sabots sur la passerelle qui attira son attention.

L'homme colossal qui venait de mettre pied à terre, elle ne le connaissait pas, mais ce n'était pas étonnant. Comme tous les autres visiteurs aujourd'hui, il n'était accompagné que d'un valet-écuyer, presque aussi grand que lui.

Alix hésita un moment sur la conduite à tenir, jusqu'à ce qu'elle aperçoive son maître, le comte Orderic, qui passait la grande porte pour venir lui-même accueillir le visiteur. Elle choisit alors aussitôt de rester en retrait, non pas vraiment par politesse, mais pour ne rien perdre de ce qui pourrait se dire.

– Mon cher ami, s'exclama le comte d'un ton enjoué, me voilà fort heureux de vous voir ici ! Vous savez comme votre père m'était cher, et l'annonce de son décès m'a beaucoup peiné… Savez-vous que vous lui ressemblez étonnamment ?

« Celui-là, se dit Alix, doit être le fameux duc Jean ! »

Elle faisait semblant d'observer, au fond du large fossé, le ruisseau maigrelet qui arrosait le pied des remparts, puis elle leva les yeux vers les lourdes chaînes qui s'accrochaient au pont-levis, le drapeau d'azur flottant à la guette du donjon, les toits pointus des dix-sept tours, pourtant elle ne voyait que le duc.

À première vue, il n'était pas déplaisant, un peu trop grand peut-être, roux, avec des épaules de taureau, mais une voix chaleureuse. Un homme droit et généreux, c'était sûr : Alix se fiait toujours aux voix. Il semblait tout de même avoir une quarantaine d'années… N'était-ce pas un peu vieux pour faire un mari convenable ?

Déjà le comte Orderic avait, d'un simple signe à ses valets, ordonné qu'on débarrasse le visiteur de ses armes et qu'on soigne son cheval, et il le guidait maintenant vers le puits de la basse-cour.

Deux servantes les y attendaient : elles avaient puisé de l'eau claire et tendaient au visiteur un bassin où il put se rafraîchir le visage et laver ses mains de la poussière des chemins.

C'est le moment que choisit Alix pour se glisser dans la première enceinte.

Dans la basse-cour, on s'affairait aux préparatifs de la si importante journée du lendemain. Ce ne serait pas, bien sûr, aussi imposant que le mariage lui-même, mais le repas au moins se devait d'être d'une certaine tenue. On roulait donc de gros tonneaux de vin, on véhiculait des sacs de grains vers le moulin, on triait les poissons fraîchement pêchés et encore frétillants.

Alix évita de justesse un chien qui se jetait dans ses jambes, effrayé par la chute d'un chargement de bûches, passa le deuxième pont-levis en accélérant le pas, traversa la cour d'honneur en courant et s'engouffra dans la tour nord.

Pourvu que Basilie ne l'ait pas vue ! Les gros bouquets d'iris ne se cueillaient pas sur les pierres du lavoir, et cela n'aurait pas manqué de l'intriguer. Alix avait un peu de peine pour les trois cuisinières si gentilles, mais, pour l'instant, il valait mieux ne pas trop y penser !

En montant, elle n'eut pas un regard pour la salle des gardes du premier étage, ni pour la chambre d'invité du deuxième, toujours fermée car on n'y logeait jamais personne. L'escalier tournait, tournait ses marches de pierre, inexorablement. Enfin, tout essoufflée, Alix poussa la porte :

– Isabelle !

Elle s'arrêta net. Dame Eusébia la toisait d'un œil courroucé.

– Alix ! interpella sèchement la dame. Ne t'a-t-on jamais appris : premièrement, qu'on dit « damoiselle Isabelle » ; deuxièmement, qu'on frappe aux portes ; troisièmement, qu'on entre les yeux modestement baissés, et non en criant comme une furie ?

– Je suis désolée, dame Eusébia.

– « Je suis désolée, dame Eusébia », minauda la dame en esquissant une grimace qui fit paraître son nez encore plus long et son menton plus pointu. Il ne suffit pas d'être désolée ! Quand donc mes leçons porteront-elles leurs fruits ?

Alix déposa son bouquet d'iris sur le banc de pierre qui occupait l'épaisseur du mur, dans le renfoncement de la fenêtre :

– La prochaine fois, j'essayerai de penser à tout cela, dame Eusébia, récita-t-elle.

La gouvernante eut un rictus découragé :

– Enfin, dis-nous rapidement ce qui te semblait si urgent.

– Euh… je venais demander à damoiselle Isabelle si elle souhaitait des anguilles ou du saumon pour son souper.

– Je vois. C'était en effet un cas d'urgence extrême, ironisa la dame. Dis-nous quels sont les autres plats.

– Euh… bégaya Alix. Du potage d'huîtres, de la gelée de porc aux graines de coings… du pâté de pinperneaux*…

Dame Eusébia hochait gravement la tête à chaque plat énoncé, tandis qu'Alix réfléchissait le plus vite possible.

– … des nèfles, et puis des oublies.

– Apporte donc de tout, décida dame Eusébia, nous choisirons sur le moment. Au revoir, Alix, nous ne te retenons pas.

La fillette fixait sans un mot la lourde tapisserie qui ornait le mur du fond et où éclataient les couleurs du blason de la famille : un écu d'azur aux deux lions affrontés. Cela ne lui inspira aucune idée valable pour rester dans la place.

---

* Petites anguilles.

Elle se glissa donc dehors, non sans avoir esquissé un petit salut de la tête en récupérant ses fleurs, et referma la porte le plus doucement possible. Mais, ou bien elle ne savait pas s'y prendre, ou bien les portes du château étaient ensorcelées : malgré toutes ses précautions, celle-ci claqua tout de même. Dame Eusébia devait faire son nez de faucon et son menton en crochet. Alix ne put s'empêcher de pouffer.

Puis, elle songea soudain qu'elle n'avait même pas mentionné le seul plat qu'elle pourrait fournir de façon sûre : le blanc-manger. Elle ne pensait vraiment à rien.

– Bon. Eh bien tout ce qu'il reste à faire, c'est d'attendre que le dragon soit sorti.

Elle eut un regard affectueux pour ses iris si patients, et caressa leurs tiges fermes. Elle irait les semer sur le sol de toutes les pièces du château, comme l'aimait le comte Orderic. Ce serait tout de même plus gai pour accueillir les visiteurs !

3

Savoir bien placer ses mensonges

Alix entrouvrit la porte et rencontra le regard bleu d'Isabelle.

– Tu peux entrer, ma petite biche.

– Le dragon est parti ?

Isabelle se mit à rire :

– Que voulais-tu me dire ?

– Ah ! Vous n'avez pas cru à mon histoire de saumon ?

– Tu te moques de moi, Alix ! Me crois-tu si bête ?

La fillette se faufila dans la pièce et, les mains derrière le dos, s'approcha du chevalet où travaillait la jeune fille. Maintenant, elle n'était plus pressée du tout, et tant pis pour ceux qui lui coupaient ses élans.

– Votre A n’est pas très beau, remarqua-t-elle en se penchant sur le manuscrit.

– Comment… mon A ?… Ne me dis pas que tu sais écrire !

– Écrire, pas trop, mais je sais lire !

Isabelle posa la grosse plume avec laquelle elle tentait de dessiner les gracieuses courbes, lourdes et épaisses, de la première lettre du chapitre.

– Tu sais lire ? Mais tu ne me l’as jamais dit ! Où as-tu appris ?

– Oh ça ! fit Alix d’une voix chantante en se dirigeant vers la riche fenêtre aux vitraux bleus. C’est du temps où je faisais le ménage à la bibliothèque. Le chapelain m’a enseigné la lecture.

– Quelle bonne idée !

– À vrai dire, ce n’est pas une idée de lui, mais de moi. Je lui ai démontré qu’il fallait absolument qu’il m’apprenne à lire : sans cela, quand il serait vieux et aveugle, qui pourrait lui déchiffrer les manuscrits ?

– Le chapelain est un homme bien bon, dit Isabelle en riant. Mais au fait, pourquoi ne travailles-tu plus à la bibliothèque ?

– Bah !… (Alix avait son air boudeur.) Le chapelain prétendait que je passais trop de temps à lire, et pas assez à m'occuper d'ôter la poussière.

– Ah ! Et ce n'était pas vrai ?

Alix prit une expression rêveuse :

– Je ne sais pas, dit-elle enfin, quand je lis, je ne vois pas le temps passer.

Elles éclatèrent de rire ensemble. Que c'était bon !

– Mais dis-moi, Alix, à part cette histoire de saumon… ?

– Ah oui ! Le duc Jean est arrivé.

– Et il te plaît ?

– Bah… Il est moins moche que les autres. Pour l'instant, c'est le mieux de ceux que j'ai vus. Mais ne vous inquiétez pas, je vais poursuivre mon enquête.

– Justement, interrompit Isabelle, j'ai pensé que… Peut-être voudrais-tu que je t'attache à mon service, tu pourrais ainsi être plus libre !

– Libre ? Ah oui ! Enfin, c'est gentil, mais je me suis arrangée autrement.

– Ah… bien ! Raconte-moi cela.

– C'est très simple, reprit Alix. J'ai averti aux cuisines que, désormais, je n'étais plus chargée que du linge.

– Tu travailles à la lessive ? s'inquiéta Isabelle.

– Je n'ai pas dit cela. Ensuite, je suis allée prévenir au lavoir qu'on m'avait demandé de ne plus m'occuper que de la cuisine.

Isabelle ouvrit de grands yeux, puis, partagée entre l'envie de rire et celle de faire à Alix un peu de morale concernant le mensonge, elle se borna finalement à remarquer :

– Mais si les cuisinières discutent avec les lavandières…

– Pas de danger ! Les cuisinières méprisent les lavandières, et les lavandières méprisent les cuisinières. De plus, elles sont fâchées à mort depuis une histoire de nappe tachée sur la table du comte. Elles se sont accusées les unes les autres soit d'avoir mal lavé, soit d'avoir fait la tache. Vous voyez, elles ne sont pas près de s'adresser la parole !

– Oh ! Alix ! dit Isabelle en riant à nouveau. Ton imagination m'étonnera toujours !

– Par contre, ce qui m'ennuie un peu, c'est le problème des repas : manger à la cuisine présente des risques : on peut me demander des nouvelles du lavoir… C'est bien triste pour Basilie et les autres, mais, en ce moment, il vaut mieux que je ne les rencontre pas.

– C'est bon, dorénavant, tu partageras mon repas. Cela te plairait ?

– Oh ! Ce serait si bien ! Seulement, dame Eusébia…

– Ne t'inquiète pas pour dame Eusébia. Avec tous ces invités au château, elle ne sait plus où donner de la tête. Elle doit veiller à tout : la nourriture, les chambres, les lits, l'eau, les servantes, les chevaux. Elle passe sa journée à courir ici et là, à donner des ordres.

– Je ne m'imagine pas bien dame Eusébia courant ! pouffa Alix.

– Enfin, reprit Isabelle en essayant de garder son sérieux, elle va le plus vite possible, tu me comprends.

– Oh ! s'écria Alix. « Par tous les saints de Dieu », comme dirait dame Eusébia, moi aussi, j'ai beaucoup à faire, et il faut que je me dépêche ! Vous m'excuserez, damoiselle Isabelle, mais vous savez que demain c'est le grand dîner au cours duquel votre père désignera l'époux qu'il vous a choisi, et je tiens à me faire mon opinion d'ici là. Ne vous inquiétez pas trop, je viens tout vous dire dès que je peux.

Alix ouvrit la porte d'un mouvement vif, et lança en sortant :

– Et faites attention à vos A !

La porte claqua.

•

Dans le couloir du nouveau logis qui jouxtait la cour, il faisait clair. On y avait prévu de nombreuses fenêtres tendues de parchemin huilé. La lumière était moins vive que dans les chambres à vitraux, mais on y voyait convenablement. Cela changeait vraiment de la pénombre des vieilles tours pauvrement éclairées par d'étroites meurtrières qui laissaient passer plus de courants d'air que de soleil.

Depuis une heure qu'elle guettait là, Alix commençait à se morfondre : elle avait vraiment l'impression de perdre son temps au bout de ce couloir ! Ils ne se décideraient donc jamais à sortir ? Ils se plaisaient donc tant dans leur chambre ?

Tant pis. Elle n'allait pas passer toute sa journée ici ! D'un pas décidé, elle se dirigea vers la première porte.

À ce moment précis, un homme déboucha de l'escalier. C'était ce Vincent quelque chose. Elle sentit ses yeux froids passer sur elle sans la voir. Cet homme-là la mettait mal à l'aise et, pourtant, elle n'était pas vraiment impressionnable. Qu'est-ce qui la gênait ainsi ? Ses yeux ? Peut-être. Ses mains, aussi. Oui, même au château il restait ganté, et cela lui donnait l'air de n'être toujours que de passage. Son regard ne s'accrochait nulle part, il n'ôtait jamais ses gants. Ce n'était pas un homme sociable.

Il disparut au bout du couloir. Alors seulement, Alix regretta de ne pas avoir osé l'aborder. Tant pis, ce serait pour plus tard. Elle frappa à la première porte.

– Entrez ! dit une voix molle.

– Je vous souhaite le bonjour, messire de Treford. Mon maître le comte Orderic m'envoie m'informer si vous n'avez besoin de rien.

Alard de Treford était un petit homme dodu à l'air aimable. Le cramoisi de son surcot de velours accentuait encore ses rondeurs, et la bourse brodée de perles qui pendait à sa ceinture semblait aussi rebondie que son propriétaire.

– Mon valet est là pour veiller à tout, petite. Mais remercie ton maître du soin qu'il prend de ses invités.

Et Alard de Treford se remit à se curer les ongles, sans plus s'occuper de sa visiteuse.

Ça, ça ne faisait pas l'affaire de l'espionne ! Elle se dirigea avec lenteur vers la porte et, semblant se raviser enfin, elle dit encore :

– D'habitude, je suis au service de notre damoiselle Isabelle, mais pour cette occasion…

L'homme ne répondit rien. Il examinait dans son miroir une rougeur sur son menton, en s'inquiétant de savoir si cela n'allait pas évoluer en un bouton disgracieux.

– Bien, prononça distinctement Alix, je retourne auprès de damoiselle Isabelle, ma maîtresse.

La phrase sembla enfin avoir l'effet qu'elle escomptait. L'homme se retourna :

– Attends ! dit-il. Attends ! Tu n'es pas si pressée ! Ainsi, tu es au service de damoiselle Isabelle ?… J'espère qu'elle te traite bien, au moins.

– Oh ! déclara Alix d'un ton désabusé… Oui !

Mais visiblement, cela n'attira pas l'attention de Treford, qui se moquait tout à fait de la façon dont la fille de la maison traitait les servantes. Il s'inquiétait seulement de la manière dont il pourrait s'informer de ce qui l'intéressait, sans avoir l'air de poser des questions.

– Il est normal, dit-il enfin, qu'une maîtresse maintienne son personnel dans l'obéissance, et on dit que plus la femme est belle, moins elle a besoin d'être sévère.

Alix contempla les doigts boudinés qui s'agitaient dans le vide et décida sur-le-champ qu'elle ne choisissait pas pour Isabelle cet époux-là.

– Plus la femme est belle…, répéta-t-elle du ton le plus ironique qu'elle put.

L'expression de son visage alarma Treford, qui crut bon de s'assurer :

– Ta maîtresse est belle, à ce qu'on prétend…

Vraiment, il n'était pas doué pour la conversation. Alix le voyait venir, et en riait intérieurement.

– On dit cela ? fit-elle d'un air faussement étonné.

– C'est vrai, n'est-ce pas ?

– … Sans doute.

– Tu n'es pas de cet avis ?

Alard de Treford commençait à se troubler un peu : sans s'en rendre compte, il pinçait nerveusement les plis de son surcot.

Alix s'amusait comme une folle. Avec le plus grand sérieux, elle lança :

– Je suis mal placée pour en juger. Les goûts, vous savez…

– Que veux-tu dire ? Tu ne la trouves pas belle ?

– Si ! Oh, si ! Elle a des cheveux blonds, et une peau fine. Un peu large, peut-être.

– Large, ta maîtresse ?… Ah ! soupira enfin Treford. Tu veux dire qu'elle est grosse !

– Grosse, non. Elle est même plutôt maigre, mais elle pourrait être grosse.

Treford lança à Alix un regard courroucé :

– Tu te moques de moi ? Je ne comprends rien à ton verbiage, explique-toi !

– J'ai expliqué : je veux dire qu'elle pourrait être grosse, car sa peau est assez large pour recouvrir un corps ample. Néanmoins soyez rassuré : elle restera mince. Bien sûr, de fait, la peau pend un peu, en bas des joues, surtout. Et puis sous le menton… et puis aussi tout le long des bras, mais ça, soyez tranquille, ça ne se voit pas sous la cotte à manches longues.

– Ah bon ! soupira mécaniquement le petit homme d'un air dépité. Ah bon !

– Vous m'excuserez, monseigneur, mais le service m'appelle, et il faut que je m'en aille.

Le sire de Treford hocha la tête, le front soucieux, tellement préoccupé qu'il ne vit même pas la petite servante disparaître.

•

Autant prendre les portes dans l'ordre : Alix frappa à la suivante, celle du comte Pierre de Vallès.

– Qui est là ? émit une voix sèche.

– Je suis une servante, monseigneur. Je viens voir si vous avez besoin de quelque chose.

– Hum…

Alix sentit tout de suite qu'on ne la prierait pas d'entrer ; aussi, elle prit sur elle d'ouvrir la porte du vieux grognon et annonça sans attendre :

– Je suis habituellement au service de damoiselle Isabelle, mais pour la circonstance…

D'un coup d'œil rapide, elle évalua le bonhomme : grincheux, surcot noir, taillé dans le tissu le moins cher, cotte noire dont on ne voyait bien sûr que les manches… toutes râpées. Sentant qu'il allait la renvoyer dans le couloir, elle se dépêcha d'ajouter :

– Souhaitez-vous que je vous prépare votre costume d'apparat ?

Le visage de l'homme se ferma : naturellement, il ne possédait pas de costume d'apparat.

Elle avait donc vu juste. Le comte Pierre de Vallès, l'un des hommes les plus riches de ce pays !

– Costume d'apparat ? grogna-t-il. J'ai oublié d'en mettre un dans mes bagages. Tu peux t'en aller.

– Pas de surcot de damas ni de chausses de soie ?

Le regard qui la foudroya ne l'impressionna nullement, et elle poursuivit :

– Damoiselle Isabelle ne comprendra pas cela : elle qui aime tant les raffinements !

Elle ouvrit la porte, comme pour sortir, et sentit aussitôt la main nerveuse de l'homme qui lui agrippait le bras :

– Ainsi, damoiselle Isabelle aime les belles choses ?

– Elle a beaucoup de goût pour tout ce qui est beau, beau et cher, mais cela va souvent de pair !

L'homme fixait les yeux sur le sol. Il réfléchissait.

– Après tout, dit-il enfin, elle en a les moyens !

Alix voyait clair dans l'esprit du vieil avare : il était en train de se dire que l'héritage était tellement important qu'il en valait la peine, même si on devait en gaspiller un peu en toilettes.

– C'est vrai, reprit-elle, elle en a les moyens, et elle épousera un homme riche, ce qui aidera bien, car elle ne peut porter que des chemises de soie, une neuve tous les jours : ce n'est pas sa faute, elle a la peau si sensible et délicate ! Et puis, elle n'aime que les corsets brodés d'ancolies de perles ou de motifs originaux en fil d'or.

Alors Alix prit un air de mystère et de connivence, et baissa la voix avant d'ajouter :

– Si vous souhaitez lui faire un cadeau, je peux vous dire quelle est sa pierre favorite : c'est le rubis. Elle aime en mettre partout, en incruster sur ses surcots de paille d'Alexandrie et sur les soieries qu'elle fait tout exprès venir de Gênes.

Un tic nerveux déforma le visage parcheminé. Mais Vallès renonça à dire quoi que ce soit et, reprenant une expression parfaitement imperturbable, il regarda la fillette disparaître.

« Celui-là, se dit Alix en riant toute seule, il économise même ses paroles ! »

•

Elle était si contente qu'elle ne vit pas le grand brun, et alla donner de la tête contre son gros ceinturon de cuir.

– Petite sotte ! gronda l'homme en la repoussant d'une main dure.

Alix reconnut aussitôt le comte Robert de Tury.

– Ex… excusez-moi, monseigneur, bégaya-t-elle. Je… Elle respira un grand coup avant d'achever : je me rendais chez damoiselle Isabelle, ma maîtresse.

– Damoiselle Isabelle ? Que peut-elle donc avoir à faire d'une pareille maladroite ! Et, de plus, pas plus haute qu'un cochon de lait !

Là, il passait les bornes. Alix lui fit un grand sourire :

– Ma petite taille lui rend bien service, s'exclama-t-elle en voyant s'éloigner le comte. Pauvre damoiselle !

Elle avait touché juste. L'homme se retourna, le visage un peu moins fermé :

– Pourquoi dis-tu : « Pauvre damoiselle » ? Pourquoi aurait-elle besoin d'un crapaud comme toi ?

– Ah ! Bien sûr, reprit Alix sans s'arrêter au ton méprisant, elle n'aurait pas besoin de moi si elle n'avait pas eu ce déplorable accident !

– Un accident ?

Le ton restait vaguement ironique, cachant du mieux possible un intérêt grandissant.

– Une chute, dans l'escalier, qui lui a brisé la jambe. Depuis, elle boite.

– Ah !... Ça s'arrangera avec le temps, je suppose.

– Euh... non... guère. Ç'aurait pu s'arranger si elle n'avait pas eu, de naissance, une jambe plus courte que l'autre, et un bras atrophié.

Là, Alix eut l'impression qu'elle en faisait peut-être un peu trop.

Robert de Tury tourna le dos d'un air furieux et s'éloigna.

Il devait penser que le comte Orderic aurait pu l'informer de l'état de sa fille, mais Alix espérait bien qu'il ne lui en dirait rien, pour n'avoir pas encore l'air plus malotru qu'il ne l'était en réalité.

Alix se mit à chantonner. Restait à trouver le vieux Foulques, et le marquis Vincent quelque chose…

4

La dure condition d'espion

– Thomas !

Le grand garçon blond et un peu trop maigre finit de vider son seau d'avoine dans la mangeoire des chevaux, avant de tourner la tête :

– Tiens donc ! Ma petite sœur ! Qu'est-ce qui t'amène d'aussi bonne heure aux écuries ?

– À l'heure où les maîtres dorment encore, on peut voir les valets.

– Les valets ? s'ébahit Thomas.

– Chut !… Ils sont là ?

– Ben oui ! Ils couchent au fond de l'écurie. Je leur ai même mis de la paille fraîche hier.

– Chut ! souffla encore Alix.

– Mais qu'est-ce que tu es encore en train d'inventer ? Quand tu prends cet air-là… Raconte-moi tout.

– Tatata… je n’ai pas le temps. Il en va du bonheur d’Isabelle. Je viens seulement chercher les chemises.

Elle fila vers le bout de l’écurie, et l’oreille attentive de Thomas l’entendit demander à chaque valet s’il avait du linge à laver. Un peu d’étonnement se lisait sur son visage, tandis qu’il attendait que sa sœur réapparaisse enfin.

Bien sûr, elle avait les bras chargés de vêtements.

– Tu t’occupes du linge, maintenant ?

– À l’occasion, murmura la fillette avec un sourire mystérieux. Rien de tel que de voir le linge des serviteurs pour se faire une idée de la personnalité des maîtres.

Elle déposa le tas sur les bottes de paille qui servaient de sièges et ajouta :

– Regarde : une chemise de lin… encore une autre… Ah ! Une en serge ! C’est celle du valet de Foulques (il ne doit pas être très riche)… Oh ! celle-ci, tout usée… Ah ! ah ! C’est l’écuyer de Pierre de Vallès… M’étonne pas ! Celle-ci, bonne qualité… pas si mal, le petit Treford !

– Tu as ce que tu voulais ?

– Pas tout à fait. À l'heure du réveil, les hommes ne sont guère bavards. J'espère que ces cinq chemises m'en diront plus long quand je les rapporterai et que leurs propriétaires se montreront un peu plus éveillés. Il faut à tout prix que je me fasse une opinion sur les maîtres.

– Cinq chemises ? s'étonna Thomas. Il me semblait qu'il y avait six valets.

– L'écuyer de messire Jean lave lui-même son linge. J'ai su qu'à la suite d'une triste histoire, il a juré de faire pénitence, en lavant lui-même sa chemise et en la remettant mouillée sur sa peau. Je lui ai fait remarquer que ça donnait des rhumatismes, mais il le sait : c'est cela, sa pénitence, pour avoir laissé mourir son fils sans se rendre compte qu'il était très malade. C'est émouvant, hein !

– Mais tu as pu apprendre tout cela en si peu de temps ?

– Comme tu vois ! Bon, je me sauve. J'ai encore beaucoup de travail : c'est aujourd'hui le grand dîner !

Alix ramassa sa brassée de linge et, laissant Thomas incrédule, fila vers la basse-cour. Les lavandières allaient grogner, c'était sûr, crier que les valets n'avaient qu'à se débrouiller tout seuls avec leurs chemises sales, et peut-être refuser de les laver sur-le-champ – ce qui serait ennuyeux pour son entreprise de renseignements – mais c'était le risque ! Puis elle songea aussitôt que les chemises ne seraient de toute façon pas sèches avant sexte, et que, finalement, ce n'était pas une idée aussi bonne qu'elle le croyait au début.

•

On passerait à table à l'heure habituelle, entre sexte et none*, bien que le seigneur Orderic ait souhaité s'entretenir d'abord avec chacun de ses invités.

Dans la vaste cheminée brûlait un bon feu, qui tentait vainement de chasser l'humidité ambiante. La grande salle du donjon restait froide malgré le soleil printanier de ce jour mémorable.

Au centre de la salle, le dos au large mur tendu de tapisseries, on avait dressé la grande table sur tréteaux. Alix avait épousseté elle-même toute la vaisselle d'or qui rutilait sur le dressoir, fait briller les escabeaux de bois et la grande chaise du maître de maison, nettoyé les coffres, décapé les épées de

---

* Environ quinze heures.

famille accrochées en bouquet près de la porte des courtines, et frotté le bouclier d'azur aux deux lions affrontés.

C'était à ne pas la reconnaître. Était-elle soudain atteinte de la rage du ménage ? Que nenni ! Cependant, à n'en pas douter, depuis qu'elle était espionne, elle frottait nettement mieux que lorsqu'elle était servante. Cette pensée lui arracha un sourire : comme quoi, on pouvait toujours se surprendre soi-même !

En attendant, tout ce beau déploiement d'activité n'avait servi à rien : ni le duc Jean, ni Vincent quelque chose, ni le vieux Foulques n'avaient paru. Alix enrageait surtout de n'avoir pu se faire une opinion définitive sur ces trois-là.

Elle gardait tout de même l'espoir de les voir arriver, et alla jusqu'à disposer elle-même, sur la nappe immaculée, les écuelles d'étain, les hanaps ventrus et les salières d'argent qui étaient le signe de l'hospitalité.

•

Maintenant que les cruches de vin blanc et les plats étaient alignés sur les buffets et les crédences, elle ne savait plus que faire pour paraître indispensable.

Elle passa encore un chiffon doux sur son coffre préféré. Le cor annonçant l'heure du repas n'avait toujours pas lancé son appel. Elle avait peut-être le temps… Elle souleva le lourd couvercle de bois. Depuis qu'elle était petite, tout ce qui dormait là-dedans l'émerveillait. Souvent, elle restait agenouillée devant, sans rien toucher, à caresser des yeux les cottes de mailles un peu ternies, le sommet du heaume qui surgissait dans un coin, et les deux impressionnantes masses d'armes.

Elle referma vite en entendant des pas. Deux serviteurs pénétrèrent dans la pièce. Sans lui faire aucune remarque, ils commencèrent à remplir les aiguières d'eau qu'ils verseraient tout à l'heure, avant qu'on ne passe à table, sur les mains de chaque invité. Les bassins étaient déjà prêts, luisants, reflétant sur leurs flancs bombés la lueur des flammes.

Le cor sonna enfin, enlevant à Alix ses derniers espoirs de parler à Foulques ou à Vincent.

Déjà, les invités venaient de partout. On entendait résonner leurs voix dans l'escalier en colimaçon qui desservait tous les étages du donjon, dans les couloirs des courtines, venant des remparts ou du nouveau logis.

On sentait monter dans le château une tension fébrile, qui s'accompagnait d'un calme exagéré dans les pas, intentionnellement plus lents qu'il n'aurait fallu.

Alix se glissa entre les tentures pour faire oublier sa présence, puis, se ravisant, gagna l'énorme cheminée où les bancs étaient prévus pour accueillir au moins vingt personnes, et qui n'était pour l'instant occupée que par les trois lévriers.

Là au moins, elle aurait chaud et, en ajoutant de temps en temps une bûche au feu, elle pourrait donner l'illusion que sa présence était utile.

•

Le brouhaha dans la grande salle fut bientôt général. Les couleurs chatoyantes des costumes mettaient une lueur de gaieté dans l'énorme château. Alix adorait cela ! Pourtant, il n'y avait pas tellement de monde : juste les invités, les personnes importantes du château, et quelques amis proches. Il est vrai qu'on était vendredi et que, malgré les circonstances, le dîner devait rester modeste, mais il constituait tout de même un avant-goût de la fête fantastique que serait le mariage.

Pour l'heure, sire Orderic invitait avec cérémonie les hôtes à s'asseoir, et chacun faisait l'aimable, riant et parlant pour cacher l'anxiété de savoir s'il serait choisi. Les yeux brillaient, les gestes se faisaient plus nerveux, moins larges.

On prit place avec grâce, en tentant d'éviter le regard du maître du château, et le silence s'établit peu à peu.

– Mes chers amis, commença enfin le seigneur Orderic en posant ses poings sur la table, si je vous ai demandé à tous de venir, c'est, vous le savez, pour désigner un époux à ma fille unique, ma chère petite Isabelle. Ainsi que vous avez pu vous en rendre compte, je n'ai pas souhaité organiser un tournoi pour choisir l'homme, et certains d'entre vous l'ont peut-être regretté. Toutefois vous comprendrez que j'agis en père, et que je ne puis considérer que la force physique soit un atout suffisant pour faire un bon époux.

Des murmures s'élevèrent dans la grande salle, suivis de petits rires polis.

– J'ai longuement débattu avec chacun de vous…

Sire Orderic s'arrêta moment. De nouveau, il lui traversa l'esprit que trois des seigneurs ne s'étaient guère empressés de se montrer sous leur meilleur jour, et il ne comprenait pas pourquoi : sa fille était fort jolie, riche, et de plus d'un caractère agréable… Enfin, il ne pouvait malgré tout que s'en réjouir, car ces trois seigneurs ne lui plaisaient pas beaucoup.

– Chacun de vous m'a exposé sa situation et ses projets, et je pense que mon choix recueillera l'approbation de tous car c'est vous, finalement, qui m'avez guidé vers l'alliance qui m'a paru la plus sage non seulement pour ma fille, mais aussi pour notre pays. Tout d'abord, je voudrais, comme c'est la coutume, faire circuler ce portrait d'Isabelle parmi vous, en attendant que mon goûteur ait découvert les plats et tâté de chacun.

On s'accorda des sourires entendus, tandis que les chiens se faufilaient vers les tables, reniflant avec délice les odeurs de carpes rôties et de baleine en sauce dont ils raffolaient. Maintenant, ils ne quitteraient plus la table, attendant qu'on leur jette le pain de tranchoir, ces tartines imbibées de sauce qui ne servaient qu'à supporter les aliments et que l'homme mangeait rarement.

Alix glissa un regard inquiet vers la table. Le portrait dont il venait d'être question, elle le connaissait bien : on y voyait le visage d'Isabelle dans toute sa beauté, et elle risquait des retours de coups de bâton. Il allait maintenant passer de main en main…

La rage au cœur de n'avoir pas réussi à savoir qui était l'élu, elle jugea pourtant prudent de s'éclipser.

Elle dut descendre se mettre à l'abri à l'étage inférieur, dans la salle de garde, et c'est là enfin que la rumeur lui parvint :

– C'est le duc Jean. Le duc Jean… Le duc Jean…

Elle bondit dans la cour, la traversa comme le vent, et s'enfila dans l'escalier de la tour nord.

– C'est le duc Jean ! cria-t-elle en entrant.

Isabelle resta interdite, toute pâle.

– Le duc Jean, bégaya-t-elle enfin. Ainsi… ainsi tout est dit.

Elle demeura un long moment immobile, puis elle marcha lentement vers sa table de toilette, souleva ses petits ciseaux d'argent, les ouvrit et les referma, retourna distraitement son miroir, comme si elle refusait de voir son visage en cet instant.

– Vois-tu, soupira-t-elle, jusqu'à présent, mon mariage n'était qu'un vague projet, mais maintenant…

Alix s'approcha et prit sa main :

– Vous n'êtes pas mal tombée, la rassura-t-elle. Le duc Jean a une voix sympathique.

Isabelle eut soudain l'air de se réveiller :

– Comment est-il ? s'inquiéta-t-elle, craignant un peu la réponse.

– Il est très grand et roux, mais avec un air gentil. Si ça peut vous consoler, sachez qu'il y en avait de bien pires, que j'ai réussi à décourager. Avec celui-là… Oh non ! Isabelle, ne soyez pas si triste ! D'ailleurs, je ne vous quitterai pas… Vous voulez bien, n'est-ce pas ? Vous m'emmènerez !

Alix dit cela avec une petite voix si pleine d'inquiétude qu'Isabelle ne put s'empêcher de sourire. Elle attira la petite fille contre elle et lui caressa les cheveux :

– Naturellement je t'emmène, ma petite biche. Que deviendrais-je sans toi ?

5
Entre drame et comédie

La nouvelle atteignit Alix au milieu d'un couloir. Les nouvelles circulent toujours de manière étonnante dans les châteaux. À croire qu'elles suivent les mêmes interstices que les courants d'air glacés de l'hiver. Ces courants d'air porteurs de bruits disaient :

« – Le duc Jean ? – Mort ? – Oui, le duc Jean ! – Le duc Jean est mort ! »

Alix sortit sur le chemin de ronde. Avait-elle bien entendu ?

– Le duc Jean est mort, lui répéta le garde qui faisait les cent pas sur le haut des remparts.

– De quoi ?

– Je ne sais pas. J'entends la même chose que toi !

Pour une nouvelle, c'était une nouvelle ! Ahurissante !

Alix tourna la tête de tous côtés : le plus court serait de passer par les couloirs longeant les courtines, de descendre par la première tour et... Surtout, ne pas regarder les mâchicoulis ! Elle avait toujours eu une peur panique de tomber dans ces trous béants, elle qui n'était pas beaucoup plus grosse que les pierres qu'on jetait par là sur les assaillants.

Prudemment, elle rasa le mur opposé, puis s'engouffra avec soulagement dans la tour et galopa dans l'escalier.

Elle n'eut même pas à traverser la cour car, tout de suite, près de la réserve à foin, elle aperçut son frère.

– Thomas ! Qu'est-ce qui se passe ? Tu sais quelque chose ?

– Comme tout le monde : le duc Jean est mort, on vient de retrouver son cadavre sur la route, juste à l'entrée de la forêt.

– Comment cela a-t-il pu arriver ? Il était donc seul ?

– Non, son valet était avec lui, c'est tout ce que je sais. Ce matin, ils sont tous deux venus chercher leurs chevaux. Le duc avait ses mitaines de peau, et j'en ai déduit qu'il allait à la chasse. Ensuite, quand le serviteur est revenu, il était tout affolé et il avait une grande balafre sur la joue. Voilà. Mes informations s'arrêtent là.

– Il est revenu seul ? Il a abandonné son maître ?

– Pas vraiment. Si j'ai bien compris, le duc Jean et lui se sont fait attaquer par une bande de brigands. Dans la bagarre, ils ont été séparés, et… Tiens le voilà, demande-lui toi-même !

Le serviteur du duc Jean était tout blanc, comme s'il venait de vomir.

– Oui, souffla-t-il en essuyant d'une main tremblante le sang de sa joue tailladée, des brigands… Affreux ! À dix contre deux ! La bagarre a été terrible, et j'ai réussi à fuir. Je ne savais plus où était le duc, et puis j'ai rencontré sur le chemin le comte Robert de Tury. Moi, je n'avais plus le courage : c'est lui qui est retourné voir et qui a trouvé mon pauvre maître, sans vie… Oh ! Quel malheur !

L'homme s'effondra sur une botte de paille, sans cesser de répéter :

– Quel malheur ! Quel malheur !

– C'est vrai, murmura Alix, c'est affreux !

– Juste, soupira le serviteur, juste au moment où il venait d'être choisi pour épouser la damoiselle.

Alix lança vers lui un regard plein d'intérêt. Il avait raison, cet homme ! Et s'il y avait un rapport entre ces événements ?

•

Une nappe jetée sur le bras, Alix montait pensivement l'escalier de la tour nord. Elle était si songeuse qu'elle ne vit même pas Alard de Treford sortir de la salle des gardes du premier étage, elle qui avait passé toute la soirée de la veille à l'éviter !

– Ah ! Je te tiens ! s'exclama-t-il d'un ton fâché en la saisissant par le haut de sa robe de laine. Peux-tu me dire pourquoi tu m'as raconté que ta maîtresse était laide ?

– J'ai dit cela ? fit Alix en prenant son air le plus étonné. Vous vous trompez, monseigneur, vous m'avez demandé si elle était belle, et j'ai répondu que oui !

– Te moques-tu de moi ? Et sa peau ? Trop de peau, disais-tu ! Seulement moi, j'ai vu le portrait, figure-toi !

– Le portrait ?… Ah ! Le portrait !

Alix éclata de rire. C'était souvent ainsi quand elle s'était fourrée dans une situation impossible. Le sire de Treford en fut tout décontenancé, et son étonnement souffla une idée à la petite :

– Un portrait, fait par un peintre, oui… Moi aussi, monseigneur, si on me payait grassement, je me sentirais capable de transformer un chou en pâquerette !

Treford en resta bouche bée et lâcha la robe d'Alix, qui en profita immédiatement pour s'évader.

Elle avait un peu honte, tout de même. Sans y réfléchir, elle avait fait passer sire Orderic pour un fourbe. Il faudrait qu'à la prochaine occasion, elle avoue tout à Treford. Et puis, ce marquis n'était pas un méchant homme, et si Isabelle devait choisir parmi ceux qui restaient… Foulques était bien vieux, et Vincent bien sot. Et les autres… Enfin, tant pis, elle l'avait dit. C'est sûr, quand on a commencé à mentir, on finit toujours par s'enferrer dans des histoires invraisemblables.

•

– Damoiselle Isabelle…

La jeune fille ouvrit des yeux étonnés, plus surprise par le calme d'Alix qu'elle ne l'était par ses entrées tonitruantes.

– Damoiselle Isabelle, le duc Jean est mort. Il a été tué par des brigands. Ce n'est pas que j'aie trop de peine pour lui, mais si on doit vous choisir un autre mari…

– Mais qu'est-ce que tu me racontes, Alix, le duc Jean est mort ?

– C'est exactement ce que je suis en train de dire : il a été attaqué sur le chemin de la forêt.

– Mon Dieu ! Le pauvre homme !… Et mon père… Mon père doit être effondré. Un de ses invités, tué sur ses propres terres… Mon Dieu !

Isabelle s'était levée de son siège et Alix remarqua avec plaisir qu'elle portait les souliers d'intérieur qu'elle lui avait elle-même brodés.

Sans quitter son expression soucieuse, la jeune fille demanda enfin :

– Sait-on qui l'a tué ?

– Pas encore, cependant comptez sur moi pour me renseigner. Mon enquête prend une autre tournure, mais elle continue.

Le visage d'Alix s'éclaira soudain, et elle s'écria :

– Vous avez raison. Vous avez posé la bonne question. Tout le monde dit « brigands », mais cela ne signifie rien. Quand on saura qui l'a tué, on saura pourquoi. On saura si vraiment on ne l'a tué que pour le voler !

– Oh ! Alix, quel drame ! Sur les terres de mon père ! Pauvre duc Jean !

Isabelle s'assit sur le lit, les yeux dans le vague. Ses mains fines se nouaient et se dénouaient nerveusement.

– Vous ne le connaissiez pas, le duc Jean, remarqua Alix.

– C'est vrai. C'est pourquoi je peux t'avouer que je ne suis pas réellement affectée. Cette nouvelle me touche et m'attriste, évidemment, en même temps, c'est comme si j'éprouvais…

– Du soulagement, proposa Alix.

– Oh non !… Enfin si, bien que cela paraisse affreux à dire. Le fait que mon mariage soit reculé m'enlève un poids, et pourtant, je sais que cela ne sert à rien, et que le choix prochain… Le duc Jean aurait certainement été un bon époux… Oh ! Alix ! Je ne sais plus que penser !

Elle réfléchit un instant et se leva soudain, comme si elle venait de se décider à réagir :

– Enfermée dans cette chambre, je ne peux rien faire. Essaie d'en apprendre un peu plus, Alix, et…

– Et je vous tiens au courant de tout. Comptez sur moi, j'y vais de ce pas.

Isabelle contempla distraitement la petite silhouette qui se dirigeait vers la porte, puis quelque chose retint son regard :

– Alix ! La nappe que tu portes sur le bras, tu voulais peut-être la laisser ici ?

– Ah ! Ça ?… Euh, non ! Je ne peux pas l'abandonner : elle est toute ma tranquillité. En me voyant avec, les lavandières croient que je m'occupe des tables, et les cuisinières sont persuadées que je l'emporte au lavoir. Sans oublier que je peux franchir les portes, grimper les escaliers, courir dans les couloirs : cette nappe sur mon bras donne à penser à tous que je remplis une mission précise !

Alix bondit dehors en riant, et le rayon de soleil disparut de la chambre d'Isabelle.

•

– Vous le comprendrez, cher ami, c'est pour moi un grand malheur, disait le comte Orderic à Pierre de Vallès, en arpentant la vaste salle du donjon.

– C'est effectivement très ennuyeux.

– Nous attraperons les coupables ! s'exclama le comte en se redressant de toute sa hauteur, ce qui souligna la proéminence de son estomac sur le surcot de satin garance.

Les deux hommes déambulèrent un moment en silence, avant que Pierre de Vallès ne remarque :

– Ainsi, vous devrez choisir un nouvel époux à votre chère fille. C'est réellement dommage : le duc Jean aurait si bien convenu ! D'abord, ses terres jouxtent les vôtres, et l'alliance était de ce point de vue très importante. Et puis, il était fort riche !

– Pour ce qui est de la richesse, ma fille ne manquera de rien.

Pierre de Vallès eut un petit rire étriqué, comme lui seul en était capable.

– Les damoiselles qui aiment le luxe n'ont jamais assez d'argent.

– Le luxe ? s'étonna Orderic. Oui, sans doute, mais mon Isabelle…

– Je sais, mon cher comte, on trouve aisément à justifier une jeune fille qui aime les beaux atours : c'est pour faire honneur à son époux, n'est-ce pas ? Néanmoins, pour ma part, je pense que des vêtements solides qu'on puisse porter longtemps sont tout à fait suffisants. D'ailleurs comment serait-on mieux que dans un vieux bliaud* ?

– Sans doute, bougonna le comte qui ne comprenait rien au tour que prenait la conversation. Aussi faut-il se montrer raisonnable, mais ma fille…

– Elle a des excuses ! interrompit Pierre de Vallès, tentant de faire preuve de largesse d'esprit. Elle n'a pas connu sa mère, et la vie dans un château manque souvent d'attraits pour une jeune fille de son âge. C'est pourquoi je comprends qu'elle ait ses caprices, ajouta-t-il d'un air patelin, et que seule la soie de Gênes lui agrée !

– La soie de Gênes ? s'ébahit le comte Orderic.

Puis une expression soupçonneuse se peignit sur son visage :

– Il est toujours bon de se renseigner, avant d'épouser, sur le caractère d'une jeune fille : il est si important que les goûts s'accordent ! Aussi, si une

---

* Tunique en forme de blouse.

personne vous a parlé de la soie de Gênes, elle a sans doute eu raison…

– Je n'appellerais pas cela une personne, susurra Vallès en étouffant un petit ricanement. Il s'agit d'une petite insolente, à qui je ne demandais rien d'ailleurs, et qu'on voit toujours rôder dans les couloirs, avec sa robe brune et ses pieds nus.

– Ses pieds nus, murmura Orderic en songeant à la seule petite personne pouvant correspondre au signalement, et à qui on n'avait jamais pu imposer les souliers, ni quoi que ce fût, d'ailleurs.

Un vague sourire éclaira son visage.

– C'est probablement Alix, dit-il enfin.

– Vous ne la gronderez pas… commença Vallès d'un ton hypocrite.

– Gronder Alix ?

Malgré tous les soucis qui lui tombaient dessus, le comte Orderic faillit éclater de rire. Du haut de ses dix ans, elle avait raison, Alix, elle avait vu clair avant lui sur le personnage de Pierre de Vallès. Que ce vieil avare croie donc ce qu'il voulait !

– Je vous l'accorde, reprit Vallès avec componction, c'est une petite péronnelle qui s'est mêlée de ce qui ne la regardait pas, et si elle était à mon service – Dieu m'en garde – je la renverrais sur-le-champ. Néanmoins, votre bonté et votre indulgence…

– Oui, oui…, marmonna Orderic qui n'avait rien écouté.

6

Les remparts réservent parfois de meilleures surprises que les chambres

La porte s'ouvrit toute seule. Ainsi, le duc Jean n'avait même pas, en partant, songé à la fermer !

Alix eut pour lui une pensée triste : oui, c'était certainement un homme agréable à vivre et sans méfiance, mais cela lui avait coûté la vie.

La chambre était vide, le lit fait et, sur la tringle à vêtements fichée dans le mur, pendait le costume, cotte et surcot, que le duc portait au fameux repas de la veille.

Rien de spécial, dans cette chambre. Alix se dirigea vers le grand coffre de bois qui faisait face au lit et souleva le couvercle crissant. Apparemment, on ne rangeait là que des habits. Elle glissa tout de même ses mains dans les étoffes.

Que cherchait-elle ? Elle ne le savait pas elle-même. En tout cas, les doigts ne rencontrèrent aucun objet dur, rien qui puisse attirer son attention. Dommage ! Elle espérait tant de cette visite !

Sur la table de toilette, un coffret… qui contenait quelques paires de gants en peau ou en fourrure, et un fermail de manteau en argent joliment travaillé. Et puis, à côté du coffret, s'enroulait un parchemin dont on avait brisé le sceau, et qu'on avait laissé là, sans aucune protection. D'ailleurs, dans ce château, qui savait lire ? Alix étendit la feuille à plat :

Cher cousin,
Il faut que je vous parle d'urgence.
Avant le dîner, venez, si vous le pouvez,
me retrouver dans ma chambre.

La feuille se réenroula de son propre mouvement.

Alix réfléchit un instant : la signature semblait bien dire Rob…

Elle examina le sceau ; oui, aucun doute, c'était bien là le sanglier figurant sur les armes de Robert de Tury. Alix sentit qu'elle avait trouvé quelque chose d'important. Il fallait tout de suite le dire à Isabelle !

Sur la pointe des pieds, elle quitta la chambre du duc Jean, et referma la porte dans le plus grand silence : finalement, quand elle le voulait vraiment, elle y arrivait !

Elle hésita un instant sur l'itinéraire à suivre puis opta pour le chemin de ronde et grimpa l'escalier en colimaçon.

Un grand souffle d'air frais l'accueillit sur les remparts. Malgré le soleil, le vent gardait la réminiscence des bises de l'hiver. Sur le haut des murailles, il n'y avait pas que le vent. Il y avait un grand jeune homme blond, sans chapeau.

Ses heusses* de cuir fauve laissaient apercevoir le haut de ses chausses de fine toile, du même blanc que la chemise dont on apercevait le col brodé sous la cotte vert sombre. Le surcot assorti retombait élégamment à la taille sur un ceinturon très sobre auquel pendait une bourse, le tout du même cuir fauve que celui des heusses.

Le costume fit très bonne impression à Alix, par son mélange de simplicité et de distinction.

– Je vous souhaite une bonne soirée ! lança-t-elle.

---

* Grandes bottes.

Le jeune homme qui, appuyé à un créneau, contemplait le paysage, se retourna, de la surprise dans le regard.

– Je vous souhaite la pareille, petite dame.

Il avait dit cela d'un ton gai, avec un si bel accent du Sud qu'Alix vota tout de suite pour lui. Mais au fait… il n'était pas prévu au nombre des invités ! Il ne venait peut-être pas pour…

– Vous êtes là pour damoiselle Isabelle ?

– Isabelle ? Qui est damoiselle Isabelle ?

La déception se lut sur le visage d'Alix.

– Isabelle, c'est ma maîtresse, dit-elle en essayant vite de réparer le désordre de ses cheveux et des plis de sa robe brune. On doit bientôt lui choisir un époux parmi les seigneurs présents au château, et j'espérais… euh, je veux dire, je croyais que vous veniez pour cela.

Beau, il était très beau ! Surtout quand il levait les sourcils d'un air étonné.

– Je suis tout à fait désolé, dit-il, j'ignorais cette circonstance, et je suis confus d'avoir accepté l'asile en ce château alors que le maître y est si occupé !

– Alors, vous n'êtes au courant de rien ? Ni de cela, ni du reste ?

– Si tu veux parler de nouvelles concernant ces lieux, la réponse est sans doute non.

L'accent chantant subjugua Alix.

– Vous ne savez pas que le duc Jean avait été choisi par le comte Orderic pour gendre, et que le duc Jean a été tué ce matin par des brigands ?

– Je ne savais rien de tout cela, s'ébahit le jeune homme, et ton maître ne m'en a pas dit un mot. Aussi, je ne veux pas abuser de sa générosité et de son sens aigu de l'hospitalité. Il doit avoir bien d'autres soucis que d'accueillir un voyageur en ce moment. Je vais repartir au plus vite.

– Oh non ! s'écria Alix malgré elle.

L'étranger se mit à rire :

– Cela a-t-il une importance ?

– Euh… non… enfin… Tout de même, vous n'allez pas partir sans voir damoiselle Isabelle !

– Je peux la saluer, bien entendu, pour lui expliquer mon départ.

– La saluer ?… Non, on ne peut pas. Damoiselle Isabelle ne doit pas voir ses prétendants en ce moment.

– Mais je ne suis pas un prétendant !

Alix lui jeta un regard inquiet, puis elle sourit gaiement et lança :

– Je m'appelle Alix. Ne croyez pas ceux qui vous diront que je suis servante ici : la vérité, c'est que je suis l'amie de damoiselle Isabelle.

– Dans ce cas, dit l'homme enchanté par ce petit bout de femme, je peux me présenter aussi : Étienne de Peyrac. Je viens des régions du Sud, du comté de Toulouse, et je me rends chez un de mes cousins qui est apparenté aux ducs de Bretagne. Je m'en vais de ce pas saluer ton maître et prendre congé de lui.

– Vous ne m'avez pas demandé comment est ma maîtresse ! s'écria Alix en se précipitant devant lui pour l'empêcher de partir.

– Et j'aurais dû le demander ?…

– Elle est si jolie, si douce, tellement gentille qu'on a toujours envie d'être gai quand on est avec elle. Et je ne veux pas qu'elle épouse Robert de Tury, ni ce grigou de Pierre de Vallès, ni le vieux Foulques, ni l'autre, ni…

– … Et on ne t'a pas demandé ton avis, hein ?… C'est cela qui te chagrine ?

– Parfaitement. Aucun de ceux-là ne conviendrait à damoiselle Isabelle. Il lui faudrait quelqu'un comme…

Elle allait dire… Elle se reprit aussitôt :

– Quelqu'un de jeune, de beau, de sympathique, quelqu'un dont elle pourrait tomber amoureuse !

– Je te comprends, dit le jeune homme en riant, et j'espère pour elle qu'elle aura cette chance. Mais le soir tombe. Il faut que je parte vite si je veux trouver un autre toit pour la nuit. L'auberge du village ne m'a pas semblé très accueillante…

– Elle est tenue par mon oncle.

– Oh ! fit l'homme, embarrassé. Je suis désolé…

– Ne le soyez pas : mon oncle est un vaurien. C'est seulement le mari de ma tante. C'est ma famille par le sang, mais non par le cœur. Par le cœur, ma famille est ici, au château.

Alix fit ses yeux suppliants :

– Vous n'allez pas partir ce soir ! Les bandits rôdent, l'auberge est mal famée, le prochain château est à des lieues… et puis, demain, c'est dimanche. Vous pouvez rester au moins jusqu'à demain !

Le voyageur l'observait avec amusement tandis qu'elle prenait un air de profonde réflexion.

– Il n'est pas bon de voyager un dimanche, reprit-elle finalement, restez donc jusqu'à lundi. D'ailleurs, sire Orderic ne vous laissera pas partir ainsi ! On vous a donné une chambre, j'espère ; je vais veiller à tout et voir si on vous a mis des draps de soie.

Elle disparut dans la tour opposée à celle par laquelle elle était venue, ignorant le geste d'Étienne, qui essayait de la retenir pour lui dire au moins que les draps de soie ne lui semblaient pas indispensables.

•

– J'ai une nouvelle formidable ! lança Alix après s'être assurée de l'absence de dame Eusébia.

Elle bondit vers Isabelle, la saisit par la main et l'entraîna dans le renfoncement de la fenêtre, où elle lui désigna le banc de pierre de droite avant de s'asseoir sur celui de gauche.

– Damoiselle Isabelle, une nouvelle formidable, un coup de tonnerre dans le ciel bleu. J'ai vu sur les remparts un jeune homme extraordinaire, très beau, avec de magnifiques yeux sombres et des cheveux clairs… ce qui, à la réflexion, est tout à fait étonnant, car il vient du Sud… et puis aimable, pas prétentieux…

Isabelle regardait la petite avec amusement :

– Tu es tombée amoureuse d'un bel étranger ?

– Comment ? Mais non, pas du tout ! Vous n'avez pas compris : c'est pour vous, damoiselle Isabelle, un mari comme il vous faut, un mari merveilleux !

Isabelle se mit à rire :

– Allons ! Tu viens juste de le rencontrer, tu ne le connais pas ! Il cache peut-être une âme noire, un passé honteux, des projets redoutables…

Alix faisait signe que non, que non, que non !

– Il faut que vous le voyiez, damoiselle Isabelle, et vous saurez que ce que je dis est vrai.

– Le voir ? s'amusa la jeune fille. Rien que cela !

– Exactement.

Alix avait pris soudain un air si sérieux qu'Isabelle crut bon de la ramener à un peu de raison :

– As-tu conscience de ce que tu dis, ma petite biche ?

– Je vous en supplie, damoiselle Isabelle, il faut que vous le voyiez !

La jeune fille considéra longuement les grands yeux noirs et implorants :

– Mais Alix, comment voudrais-tu que…

– Attendez… Oh oui ! C'est très possible !

Il ne fallait pas laisser à Isabelle le temps de parler. Des idées, elle en manquait rarement, elle allait bien trouver !

– Voilà : je vais un peu agrandir le trou entre deux planches mal jointes de votre porte. Avec un couteau, j'y arriverai bien. Et puis, pour une raison quelconque, je ferai monter le jeune homme au sommet de votre tour. Il passera devant la porte, et vous le verrez !

Isabelle se mit à rire gaiement :

– Alix ! Me vois-tu vraiment, collant mon œil à un trou pour surprendre un jeune homme ? C'est terriblement gênant, et de la plus mauvaise éducation : espionner quelqu'un, le regarder à son insu !… Non, je ne peux pas faire une chose pareille, Alix. Renonce à cela et raconte-moi plutôt ce que tu as appris de nouveau.

– C'est vrai, j'étais venue pour vous en parler, quand j'ai rencontré ce si beau jeune homme, qui…

– Je sais cela, Alix, si nous laissions le jeune homme pour le moment ?

– Bon. J'ai trouvé sur la table du duc Jean…

Alix prit son air le plus malicieux pour ajouter :

– J'étais entrée dans la chambre en me trompant de porte, et j'ai trouvé une lettre du comte Robert de Tury, qui l'appelle « mon cousin » et qui lui fixe un rendez-vous, soi-disant pour parler d'une chose importante. Un sale type, ce Robert, ça ne m'étonnerait pas qu'il n'ait pas la conscience tranquille.

– Mais ce sont des bandits qui ont tué Jean ! Pas Robert ni quelqu'un d'autre !

Isabelle réfléchit un instant avant d'ajouter :

– Pourtant, tu n'as peut-être pas tort. J'ai pensé longuement à tout cela. Que le duc soit mort juste comme il venait d'être choisi pour devenir mon mari…

– Ce n'est peut-être pas un hasard : un des autres seigneurs a pu ne pas admettre la chose. Le serviteur du duc Jean a cru à des bandits, mais il était si tremblant qu'il ne s'est peut-être pas aperçu qu'il y avait un seigneur parmi eux.

– On peut aussi payer des assassins sans prendre part à l'action ! Écoute-moi, Alix, voilà ce à quoi j'ai pensé : il faut que tu saches si d'autres invités sont sortis en même temps que le duc Jean, soit avant, soit après. J'espère qu'aucun d'eux n'est mêlé à cela. Songer que j'ai pu indirectement être la cause de la mort de Jean est terrible.

– Qu'on puisse tuer pour moi, s'exclama Alix, je trouverais cela extraordinaire !

– Pour moi ?… Ne rêvons pas, Alix. Aucun d'eux ne me connaît, alors il faut être réaliste… Mais tu me donnes une idée : tu pourrais peut-être essayer de savoir si l'un d'eux a besoin d'argent au point de tuer pour pouvoir épouser ma fortune. Crois-tu pouvoir obtenir ces informations ?

– Bien, récapitula Alix : qui est sorti ? Qui a besoin d'argent ? Je pense pouvoir vous donner une réponse rapidement… Il commence à faire froid, ici, voulez-vous que j'allume le feu ?

– Non, une servante va monter s'en occuper.

– J'espère qu'elle va se dépêcher. Vos serfs dans leur petite maison, et vos servantes à la cuisine ont beaucoup plus chaud que vous. Ces grandes pièces sont impossibles à chauffer. Quelle vie que celle des seigneurs !

– Pour cela, tu n'as pas tort. Le nombre de vérités qui sortent de ta bouche m'impressionne toujours !

– Ne comptons pas les mensonges, prévint la fillette d'un air mutin, car je ne mens que pour rendre service, et jamais à vous, damoiselle Isabelle !

La jeune fille tendit à Alix son éternelle nappe :

– Ne l'oublie pas, dit-elle d'un air entendu.

Tout en posant la nappe sur son bras, Alix amorça un mouvement vers la porte. Toutefois elle ne sortit pas, elle tourna la tête :

– Pour en revenir à Étienne… Étienne, c'est le jeune homme, vous savez ? J'ai une autre idée.

– Ah, ah ! fit Isabelle en prenant une expression légèrement moqueuse.

– Vous n'avez qu'à arriver assez tard à la messe, vous passerez forcément devant lui.

– Y penses-tu, Alix ? Tu sais que je dois être la première installée, devant, pour que justement je ne voie personne, et qu'on ne m'aperçoive que de dos. La chapelle est un lieu de prière et non pas un rendez-vous d'amoureux !

– Mais vous pouvez être en retard, reprit Alix d'un air suppliant. Exceptionnellement, juste demain !

– Je ne peux pas arriver en retard, c'est tout à fait impossible, et puis j'aurais l'impression de tromper mon père et de me conduire comme la dernière des filles de mauvaise vie.

Alix lui jeta un regard désolé. Elle tourna le dos et… une lueur espiègle brilla soudain dans ses yeux.

Elle revint sur ses pas, tira la tenture qui séparait la chambre en deux – isolant quand on en avait besoin le côté du lit de celui du cuvier servant de baignoire – et déclara en sortant :

– Je vais faire monter l'eau de votre bain.

Demain, Isabelle arriverait en retard à la messe, ou elle ne s'appelait plus Alix.

7

Il faut savoir s'occuper à la fois de l'absence des chevaux et de celle des chaussures

– Messire Robert !

– Que veux-tu ? grogna l'homme. Je n'ai besoin de rien.

Surtout, ne pas se laisser impressionner.

– Messire Robert, reprit Alix en pénétrant dans la chambre, il faut que je vous parle.

Elle eut un regard méfiant pour l'épée qui gisait sur le lit et le poignard que l'homme portait à sa ceinture, mais tant pis : elle avait commencé, elle irait jusqu'au bout.

– Je sais que le duc Jean était votre cousin, et que vous lui aviez donné rendez-vous hier. Malheureusement pour vous, le jour de sa mort !

– Qu'est-ce que cela signifie, « malheureusement pour vous » ?

Le géant s'était levé d'un bond, furieux :

– Tu as fouillé dans mes affaires ?

– Oh non ! J'ai seulement fait du rangement dans la chambre de messire Jean.

Alix commençait à trembler, et elle s'empressa d'ajouter :

– J'ai tout raconté à ma maîtresse. Elle sait que je suis ici.

Robert de Tury la fixa d'un œil terrible, puis éclata soudain d'un grand rire :

– Tu as peur pour ta peau, hein ? Si c'était moi qui avais tué Jean, je pourrais bien te tuer aussi. Seulement voilà, maraude, je n'ai pas tué le duc Jean.

– Pourtant, c'est votre cousin. Vous pouviez être jaloux qu'il ait été choisi !

– File d'ici !

Alix se replia prudemment vers la porte, avant de se décider à déclarer :

– Je vais avertir le seigneur Orderic.

– Tais-toi, crapaud venimeux !

Robert eut un geste de colère, puis, se radoucissant un peu, il reprit :

– Ne dis rien à messire Orderic. Il est inutile d'ajouter à ses soucis et de diriger ses soupçons vers moi, alors que je n'ai rien à voir dans cette affaire. Il vaut mieux qu'il utilise son temps et son énergie à rechercher les vrais coupables ; et les vrais coupables, je les ai vus : quand j'ai croisé le serviteur tout affolé et que j'ai galopé vers l'endroit qu'il m'avait indiqué, j'ai aperçu une dizaine de bandits qui s'enfuyaient et, cela, tout le monde peut le vérifier auprès de mon écuyer, qui ne m'a pas quitté.

– Mais alors, pourquoi auriez-vous donné rendez-vous au duc Jean ? osa Alix en se tenant toujours prête à ouvrir la porte.

– Si je te le dis, tu me promets de ne parler de la lettre à personne ?

– Ça… hésita Alix. Je peux promettre de ne pas en parler si je ne trouve pas d'autres arguments qui vous accuseraient !

Elle s'attendait à une réaction violente, mais l'homme grogna seulement :

– C'est de bonne guerre. Alors je peux te dire que je souhaitais seulement informer mon cousin qu'il ne pouvait épouser Isabelle, car il était parent au sixième degré avec elle : son arrière-grand-mère avait en effet épousé en secondes noces le cousin du grand-oncle… Enfin, c'est compliqué, mais j'en ai la preuve. Je voulais lui rendre service, simplement, pour qu'on n'ait pas ensuite à casser le mariage.

– Je vois. Dans ce cas, je ne dirai rien pour l'instant.

Elle sauta dehors… et buta contre Pierre de Vallès.

– Sale petite drôlesse !

– Excusez-moi, monseigneur.

Que faisait-il ici ? À sa tête, on aurait juré qu'il venait d'écouter à la porte.

Dès qu'il eut tourné le dos, Alix haussa les épaules.

Tout compte fait, elle était presque disposée à croire ce Robert et, de plus, il était plus prudent de le lui laisser penser, même si elle changeait d'avis. Voyons… S'il y avait vraiment cette parenté lointaine entre Jean et Isabelle, on aurait certainement renoncé au mariage, donc… D'un autre côté, ce rendez-vous pouvait lui permettre de tuer.

Information à classer, mais qui ne menait pas à grand-chose pour l'instant. Elle redescendit dans la cour et se dirigea vers les écuries.

Assis en rond sur les bottes de paille, les serviteurs des seigneurs présents au château se faisaient passer une cruche de vin, à laquelle ils buvaient à tour de rôle.

Alix entraîna son frère, en arborant une expression de mystère.

– Tu veux savoir qui est sorti ? répéta Thomas. Tu as raison, c'est la bonne question : qui donc se trouvait hors du château en même temps que le duc Jean ? J'y ai songé toute la matinée. Écoute : quand le duc est parti avec son serviteur, les chevaux de Robert de Tury et de son écuyer manquaient déjà, j'en suis sûr : le cheval du comte Robert est gris pommelé, et le roncin* de son écuyer est un gros roux.

– Ah ! Le comte Robert était absent. Et les autres ? L'alezan qui est là, par exemple…

– Il est à Pierre de Vallès. Il n'a pas dû le payer bien cher. Son écuyer voyage sur ce sommier, qui

* Cheval de peu de valeur, utilisé pour le transport des marchandises.

est normalement un cheval de charge, destiné à porter les bagages, c'est tout dire… Ces deux-là sont sortis après le duc Jean, et en même temps que le vieux Foulques. Le cheval de Foulques, c'est ce beau blanc. C'est bizarre d'ailleurs, parce que je le trouve bien nerveux pour être monté par un vieil homme.

– Donc, d'abord Robert de Tury, et puis Pierre de Vallès et Foulques.

– Ce n'est pas fini : avec eux est parti Vincent d'Arcor. Et je crois que c'est tout.

– Vincent ?

– Euh… oui : c'est bien Vincent d'Arcor, tu sais, celui qui porte toujours des gants.

– Hum… Et les deux chevaux bais du fond ?

– Ils appartiennent à Alard de Treford. Ils sont restés là toute la matinée.

– Le marquis n'est donc pas parti ?

– Non. Ça, j'en suis absolument certain !

Alix parcourut des yeux toutes les stalles. Les autres chevaux, elle les connaissait : ils étaient à son maître, sauf…

– Le noir, à qui est-il ?

–C’est celui du jeune chevalier qui est arrivé hier. Mais tu ne le connais sans doute pas. Il a un fort accent du Sud et voyage avec un vieil écuyer… qui est sorti pour l’instant, car je ne vois plus son roncin !

– Je sais de qui tu parles. Bien. Si tu as d’autres renseignements intéressants, n’oublie pas de m’en faire part… C’est déjà la messe qui sonne, ça ? Il faut que je file !

•

– Par tous les saints de Dieu ! répétait dame Eusébia pour la troisième fois, je n’en vois aucun !

– Je ne comprends pas, s’étonna Isabelle. Ils auraient donc tous disparu ?

La servante, penchée sur la courtepointe, souleva le bâton avec lequel elle était en train de remonter les draps du trop vaste lit et ajouta :

– C’est un mystère !

Dame Eusébia fit son nez pointu et sa bouche pincée, ce qui annonçait un petit sermon :

– Les mystères de cet ordre n’existent pas, ma pauvre fille ! Il y a forcément une explication : dix paires de souliers, montants ou bas, en cuir ou en drap, ne disparaissent pas ainsi ! Réfléchissez !

Puis elle se tourna vers Isabelle :

– Êtes-vous bien sûre, damoiselle, de n'avoir pas quitté votre chambre ?

– Vous le savez bien, dame Eusébia !

– Alors quelqu'un les a rangés ailleurs… Cependant vous l'auriez vu !

– Pendant que je prenais mon bain, peut-être. La tenture était tirée, et la servante qui faisait le feu a pu les déplacer en oubliant de m'en avertir.

Dame Eusébia commençait à perdre patience.

– Eh bien, cherchez, ma fille ! cria-t-elle à la servante. Vous voyez bien qu'il faut que je finisse d'habiller notre damoiselle !

Dame Eusébia, de ses longues mains décharnées, s'empara de la longue lanière de cuir qui allait avec la robe, la passa autour de la taille d'Isabelle, et la noua sur les reins d'un geste sûr. Puis, tout aussi adroitement, elle fit faire à la ceinture un deuxième tour, au niveau des hanches cette fois, et fit de nouveau un nœud.

– Cette robe vous va à ravir, apprécia-t-elle en laissant pendre les bouts de la lanière sur les plis de fin samit*, d'un si beau vermeil. Alors, ma fille, les souliers ?

– Je ne trouve pas, dame Eusébia.

Pour le coup, dame Eusébia commença de s'inquiéter vraiment. Elle finit tout de même d'attacher les manches à leur place et les cousit soigneusement au poignet pour qu'elles soient élégamment serrées.

– Toujours rien ? Mon Dieu, mon Dieu ! Et cela fait un grand moment que nous avons entendu le premier appel des cloches.

D'un air rêveur, Isabelle ramena ses tresses dorées sur sa poitrine. À quoi bon poser son voile maintenant, si on ne trouvait pas les souliers ?

Dame Eusébia allait donner l'ordre qu'on descende s'informer auprès de toutes les servantes, quand la porte s'ouvrit en grand. Alix était là, portant dans ses bras une telle quantité de souliers qu'elle en était à demi cachée.

– Par tous les saints de Dieu ! s'écria dame Eusébia. Les souliers ! C'est toi qui les avais, petite effrontée ! Oh !…

Elle ne trouvait plus ses mots.

---

* Étoffe de soie.

– Je les avais pris pour les nettoyer ! expliqua innocemment Alix.

– Par tous les saints de Dieu !... Et voilà les cloches. Mon Dieu, le deuxième appel ! Vite, votre manteau, Isabelle ! Attachez votre fermail ! Voilà votre voile, à grand Dieu ! Ô grand Dieu ! Nous allons être en retard à la messe ! Dépêchons-nous, damoiselle !

– Nous allons être en retard... murmura Isabelle en levant soudain les yeux vers Alix.

Mais Alix semblait dans l'immédiat être très occupée par le rangement des souliers, et elle ne rencontra pas son regard. Cela valait peut-être mieux.

Les dames sortirent aussi vite que le leur permettaient leurs grandes robes et leur bonne éducation. Déjà, le dernier coup de cloche avait sonné.

8

Un suspect en cache un autre

– Je devrais te gronder, Alix !

– Pourquoi, damoiselle Isabelle ? J'étais en retard pour rapporter les souliers, c'est vrai, mais ils étaient si sales !

– Oui. Je vois !

– Dites-moi vite : comment l'avez-vous trouvé ?

– La messe était bien triste. J'ai beaucoup prié pour notre pauvre duc Jean.

– Je ne vous parle pas de la messe, damoiselle Isabelle, je vous parle d'Étienne ! D'ailleurs, vous le savez très bien… vous rougissez !

– Oh ! Alix ! gronda Isabelle. Je crois bien que dame Eusébia a raison : tu es une gamine insupportable !… Mais si tu veux tout savoir, je trouve que c'est un très beau jeune homme, seulement… seulement il ne suffit pas d'être beau. Je ne sais rien de son caractère, ni de son comportement et, de plus, il ne souhaite aucunement m'épouser : il ne me connaît même pas !

– Qu'en savez-vous ? Moi, j'étais derrière, j'ai tout vu !

– Pauvre duc Jean, soupira Isabelle. D'apercevoir son corps, immobile sur le drap blanc, exposé dans la chapelle, les larmes me sont montées aux yeux, et ce fut comme si j'avais perdu un ami très cher.

– Damoiselle Isabelle ! Je vous dis que j'ai tout vu. Ne faites pas comme si vous n'aviez pas entendu.

– Tout vu quoi, Alix ?

– Étienne. Étienne de Peyrac. Il vous a regardée, dès que vous êtes entrée… Mais là, comme j'arrivais derrière vous, je n'ai pas bien vu. Ensuite, c'est comme s'il ne parvenait pas à vous quitter des yeux. C'est à peine s'il murmurait ses prières.

– Arrête Alix ! Tu te mets des choses folles en tête, et tu vas finir par me troubler. Arrête, je t'en supplie ! Comment pourrai-je ensuite accepter l'époux proposé par mon père ?

Alix en resta bouche bée. Isabelle marchait de long en large, et son visage avait perdu toute sérénité. Jamais Alix ne l'avait vue ainsi. Quelle sotte elle faisait ! N'avait-elle rien compris ? Bien sûr, Isabelle avait vu Étienne, et même leurs regards s'étaient croisés, ainsi qu'elle avait cru le comprendre, et cela, Isabelle n'était pas près de l'oublier.

– Damoiselle Isabelle, pardonnez-moi. Mais…

Elle redressa la tête :

– Mais je vous en parlerai encore, car c'est lui que j'ai choisi, que j'ai choisi pour être votre époux.

Isabelle n'eut pas le temps de faire un mouvement. La porte avait déjà claqué.

Tout en descendant l'escalier, Alix se parlait à elle-même. Elle venait de prononcer des paroles vraiment bien imprudentes ! Maintenant, elle ne pouvait plus reculer : il faudrait qu'elle parle à sire Orderic, qu'elle manœuvre, qu'elle se débrouille… Comment faire ?

Sans même s'en rendre compte, elle s'assit sur une marche. Les yeux dans le vague, elle réfléchissait. Sa tête s'appuya lentement à la muraille, son pouce glissa tout seul dans sa bouche.

Ce qu'elle devrait peut-être faire, c'est de…

– Dis-moi, toi !

Comme prise en faute, Alix retira vivement son pouce de sa bouche et le cacha derrière son dos. Aïe ! En plus, c'était Robert de Tury, l'air pas aimable du tout. Elle devinait que ce n'était pas l'affaire de la lettre qui lui donnait cette expression-là. Elle avait surpris son regard, à la chapelle !

– Tu m'as bien dit qu'elle boitait, n'est-ce pas ?

– Qui donc ?

– Ne te fais pas plus sotte que tu n'es ! Damoiselle Isabelle est venue à la messe, et j'ai bien vu qu'elle était parfaitement belle et nullement boiteuse.

– Boiter n'enlève rien à la beauté, protesta Alix avec une telle véhémence que Robert ne sut plus bien où il en était.

– Boiter… je n'ai pas dit cela, mais…

– Excusez-moi, seigneur de Tury, mais on attend cette nappe, et…

Alix fila.

Ouf ! Elle ne s'en était pas trop mal tirée mais, désormais, il faudrait faire attention à ne plus le rencontrer !

•

À la seconde même où Alix débouchait dans la cour, elle aperçut son frère Thomas qui passait le pont-levis. Il arrivait visiblement de la basse-cour et se dirigeait droit vers les cuisines.

– Pssst ! Thomas ! appela-t-elle en essayant de ne se faire remarquer que de lui.

Fort heureusement, il l'entendit tout de suite et tourna la tête. Il ne comprenait rien aux signes qu'elle lui faisait et se décida à s'approcher.

– Je t'ai rattrapé à temps, souffla-t-elle. Tu allais aux cuisines ?

– Ben oui ! Je te cherchais !

Alix poussa un soupir de soulagement :

– Je ne fais plus partie du personnel de cuisine, dit-elle enfin.

– Mais… je ne comprends pas : je viens du lavoir, et on m'a dit que tu n'y travaillais plus du tout, étant définitivement affectée aux cuisines.

– Ah oui… C'est normal.

– Eh bien alors ?

– Aux cuisines, on croit que je suis définitivement affectée à la lessive.

Thomas en restait pantois :

– Mais alors, où travailles-tu ?

– Partout et nulle part, fit la petite d'un ton espiègle. Je ne travaille plus que pour mon propre compte et, crois-moi, je n'ai pas le temps de me reposer !

Thomas considérait sa petite sœur avec un air ébahi. Puis il hocha la tête lentement, et une lueur d'amusement mêlé d'admiration passa dans ses yeux.

– Quand je pense, dit-il enfin, que notre mère, avant de mourir, m'a fait jurer de veiller sur toi et de te protéger… Je vois que tu te protèges fort bien toute seule !

– Je ne voudrais pas être un poids pour toi, soupira Alix d'une voix faussement sérieuse.

Son frère secoua de nouveau la tête en levant les yeux au ciel :

– Rassure-toi, je ne me fais aucun souci pour ta petite personne. Mais regarde ce que je t'ai apporté !

Il jeta un coup d'œil à droite et à gauche. À cette heure de l'après-midi, chacun était plutôt à la sieste, et seuls les soldats de garde faisaient les cent pas le long des mâchicoulis.

Thomas guida tout de même sa sœur dans l'entrée de la tour nord, qui était la moins fréquentée, et désigna le paquet brun qu'il portait sous le bras.

Alix écouta dans l'escalier. Le comte Robert avait dû regagner sa chambre par le couloir qui donnait dans la salle des gardes. On n'entendait plus rien.

– Qu'est-ce que c'est ? murmura-t-elle.

– Le manteau du duc Jean. Regarde bien.

Il déroula le lourd vêtement de laine. Alix ne voyait pas bien quelle information en tirer, mais Thomas ne semblait pas en avoir fini, car il posa le manteau sur ses épaules, tourna le dos à sa sœur et demanda :

– Que vois-tu ?

Cela frappa tout de suite Alix : le trou !

– Pense que le duc était nettement plus grand que moi, et imagine.

– Tu as raison : le trou a été fait par un poignard juste au niveau du cœur.

– J'ai bien étudié la question, s'emballa Thomas.

Il ôta le manteau de ses épaules, l'étala sur le sol semé de paille et commença à le rouler, en évacuant régulièrement d'un revers de main les petites brindilles qui s'y accrochaient.

– Le trou est net dans l'épaisseur du tissu, expliqua-t-il en même temps : pas de déchirement, pas de mouvement de haut en bas comme quelqu'un qui frapperait de près. Tu vois ce que je veux dire ? Le couteau a été lancé !

Alix resta interdite.

– Ordin… murmura-t-elle enfin. Ordin le Jongleur : il n'y a que lui pour viser un homme et lui planter le poignard droit dans le cœur.

Un pas dans l'escalier. Une voix aigre :

– Voilà qui est un peu fort !

C'était Pierre de Vallès, et il semblait furieux :

– Un manteau de cette valeur !

Il arracha l'objet des mains de Thomas.

– Un manteau de cette valeur dans les mains de manants ! Je vais vous dénoncer à votre maître !

– Nous ? Pourquoi ?

– Pour vol, petite drôlesse. Le seigneur de ces lieux est trop bon, oui, trop bon !

Et l'homme tourna les talons, emportant le manteau.

Alix haussa les épaules.

– T'occupe pas, dit-elle à son frère. Que son fiel l'empoisonne ! Où en étions-nous ?

– Euh… À… À Ordin.

Thomas admirait le sang-froid de sa sœur. Lui était tout ému de la scène. Bien sûr, il n'accordait aucune importance aux menaces de dénonciation, car qui n'était pas en faute n'avait rien à redouter de messire Orderic, mais, tout de même, il eut un peu de mal à reprendre le fil de ses pensées.

– Oui. Je voulais ajouter ceci : Ordin n'est pas homme à s'attaquer à un seigneur qui chasse, pour la bonne raison que le chasseur ne s'encombre pas de son or pour poursuivre le gibier. D'ailleurs, d'après le serviteur, la bourse du duc Jean ne renfermait que de quoi faire l'aumône si le cas se présentait. Tu imagines Ordin le Jongleur tuant pour une aumône ! Non. S'il a tué le duc Jean, c'est qu'il a été payé pour le faire. Par qui ? C'est cela qu'il faudrait savoir.

Alix réfléchit un long moment :

– Je le saurai, déclara-t-elle.

Thomas plissa un front soucieux.

– Ton air m'inquiète ! Tu ne vas pas faire d'imprudence, au moins !

– Des imprudences ? Allons… je ne suis pas folle !

Pas folle ? se demandait-elle en s'éloignant. Tout de même… ça pourrait tourner mal.

9

Un encombrant « jeune seigneur »

– Tiens, te voilà, Alix ! soupira le seigneur Orderic.

Il avait vraiment la voix aussi fatiguée que le visage.

– Il paraît qu'on ne voit que toi dans les couloirs, et pourtant, cela fait bien longtemps que je ne t'ai pas rencontrée. Où donc étais-tu ?

– Partout, monseigneur, mais justement, avec votre permission, je voudrais vous parler.

– Ah ! Qu'as-tu à me demander ?

Est-ce que Pierre de Vallès n'avait rien dit pour le manteau ? Est-ce que sire Orderic n'avait prêté aucune attention à ses propos ? En tout cas, il ne semblait pas devoir en être question.

– Je sais que vous avez bien des préoccupations en ce moment, bien du tourment, et qu'il va falloir décider entre les autres prétendants, pour damoiselle Isabelle.

– Hum… Nous attendrons pour cela que notre pauvre duc Jean soit mis au tombeau.

La grande salle semblait encore plus glaciale que d'habitude. Les trois lévriers s'approchèrent d'Alix dès qu'ils la virent s'asseoir sur le coussin, au pied du fauteuil de son maître, et s'allongèrent à ses côtés.

Elle caressa les fines têtes chaudes et dures. Elle les aimait bien, les chiens, Bardol, et Humbaut, et aussi le vieux Rebors.

– Le nouvel invité, osa-t-elle enfin, c'est aussi un prétendant ?

Elle savait bien que non, mais il fallait profiter de cette supposée ignorance, et, sans laisser au comte le temps de répondre, elle poursuivit :

– C'est le mieux de tous : il est beau, aimable, gentil, et puis fort aussi, et…

– Oh, oh ! Voilà, dirait-on, un homme qui te plaît ! Je suppose que tu parles du chevalier Étienne de Peyrac.

– Vous voyez, monseigneur, vous pensez la même chose que moi, car vous l'avez tout de suite reconnu à la description.

– Dis donc, petite finaude, ne serais-tu pas en train d'essayer de m'influencer ?

– Je dis seulement ma pensée, sire Orderic !

Pour la première fois depuis ces deux malheureux jours, le comte réussit à sourire. Il ne savait pas résister à cette petite polissonne, et c'était ainsi depuis le jour où elle était arrivée au château. Jamais il n'avait pu la considérer comme une servante. Et elle était pour lui un oiseau gai et insouciant qui voletait dans les lourdes tours en chantant pour chasser les brumes de l'ennui.

– Et ta pensée est que ce seigneur serait un bel époux pour ma fille !

– Vous êtes aussi de cet avis ? s'exclama Alix, émerveillée.

– Oh, oh ! Petite futée, je n'ai rien dit de cela. Vois-tu, ma petite, le rôle d'un père est bien complexe : il doit assurer à sa fille un mariage sûr. Il lui faut donc considérer d'abord la fortune du prétendant, de manière à ce que les biens des deux époux soient à peu près équivalents…

– Votre fille est assez riche pour deux ! remarqua Alix à tout hasard, ne sachant rien de la fortune d'Étienne.

– Je te prie, Alix, de ne point m'interrompre. D'autre part, un homme plus âgé lui assurera davantage de stabilité et, ensuite, ni toi ni moi ne savons rien sur ce jeune homme. À beau mentir qui vient de loin. Il dit s'appeler Étienne de Peyrac, être originaire du comté de Toulouse où son père posséderait des terres, mais qui peut le vérifier ? Ne prends pas cet air déçu, ma petite Alix, un père doit s'entourer de toutes les précautions, tu le comprends. Et même si cet étranger me demandait la main de ma fille – ce qui n'est pas le cas, je te le rappelle…

– Il n'y a que lui qui me plaise, bougonna Alix avec son air buté.

Puis elle ouvrit ses grands yeux implorants :

– Et puis, s'il n'était pas riche, il pourrait rester ici, sur vos terres. Ne seriez-vous pas heureux de garder votre fille auprès de vous ?… Oh ! Je vous en supplie, monseigneur, ne la donnez à aucun autre.

– En voilà assez, Alix ! Tu ne crois tout de même pas pouvoir me dicter ma conduite ? Je donnerai ma fille à qui j'aurai décidé !

Il sentit le sanglot dans la gorge de la petite, et ajouta moins durement :

– Néanmoins, je ne suis pas opposé farouchement à ce jeune seigneur. Je vais faire prendre des renseignements sur lui, et l'inviter quelques jours au château.

– Oh, merci, sire Orderic !

– Alix ! Cela ne signifie rien. Tu te montes la tête : encore faudrait-il que lui-même souhaite épouser Isabelle !

– Ah ! Pour cela, s'écria Alix en riant, je crois que vous n'avez aucun souci à vous faire !

Et elle disparut comme elle était venue, avant même qu'il n'ait eu le temps de s'en apercevoir.

•

Alix glissa un regard vers l'intérieur de la petite pièce qui ouvrait sur le passage du pont-levis. Souvent, dame Eusébia se tenait là, en bas de la tour qui protégeait l'entrée de la cour d'honneur et le donjon.

Il s'agissait de passer sans se faire voir, cela évitait les questions, et donc les mensonges, car vêpres allaient sonner et Alix n'avait pas de temps à perdre à la chapelle.

Par chance, dame Eusébia écrivait sur le grand cahier de parchemin sur lequel elle tenait les comptes du château, en parlant tout haut :

– Pain et farine… payé deux cent quatre-vingt-quinze livres. Vin… cent vingt livres… le vin a bien augmenté, ces temps derniers ! Viande… cent cinquante-huit livres. Poisson… cent quarante livres… Ah oui, cela comporte l'achat des nouveaux filets à brémandes.

Alix n'en sut pas plus : elle courait déjà vers la basse-cour.

En ce dimanche après-midi, on n'entendait rien d'autre que les bavardages et les chamailleries des enfants : pas un coup de marteau, pas un frappement de battoir, pas un cri de volaille qu'on capture. Le discret gloussement des poules semblait tout heureux de la trêve de ce jour du Seigneur.

Alix longea l'atelier de tissage étonnamment silencieux, évita la flaque d'eau boueuse où se roulait un cochon énorme, et se dirigea d'un pas sûr vers la porte principale.

Le pont-levis était ouvert, comme toujours dans la journée en temps de paix. Depuis le centre de la cour, on apercevait sous la herse levée le chemin de terre qui se rétrécissait au loin pour se perdre dans la forêt.

En fait, de ce côté, il ne se perdait pas vraiment car la forêt s'éclaircissait peu après pour s'ouvrir sur le village, mais d'ici, on ne pouvait pas s'en rendre compte.

Juste devant la glissière de la herse, deux gardes s'étaient assis sur les grosses pierres qui constituaient tout ce qui restait du précédent château.

Dès qu'ils aperçurent la silhouette qui s'approchait, Henriet et Jacquemin bondirent sur leurs pieds en redressant automatiquement leurs lances. Leur tenue était redevenue impeccable, et c'est alors seulement que leur fut révélée l'identité de la visiteuse. Ils se détendirent aussitôt.

– Tiens donc ! Alix ! Où cours-tu ainsi ?

– Chut ! Vous ne m'avez pas vue ! Je vais seulement faire une petite promenade.

– À l'heure des vêpres ?

– Chut ! Pas un mot à dame Eusébia !

D'un geste rassurant, les deux gardes lui firent signe qu'elle pouvait passer, et qu'ils n'essayeraient pas le moins du monde de l'arrêter. Elle allait au village, sans doute, où il lui restait un peu de famille.

•

Le cœur serré, Alix avançait sur le chemin de terre. Elle n'aurait pas su dire à quel moment elle avait cessé de courir, mais, sans qu'elle s'en rende compte, son pas s'était fait plus lent. Elle songea qu'il faudrait qu'elle soit rentrée avant la nuit, et la nuit tombait encore assez tôt en cette saison. Elle allait rater les beignets de fleurs de sureau du dimanche… Pourtant ce n'était sûrement pas la seule raison de son malaise.

Dans le village, tout était calme, hormis quelques oies qui barraient la route en poussant des cris énervés.

Un peu plus loin, sur le bord de l'unique rue, l'auberge offrait toujours un aspect aussi inquiétant. Enfin… peut-être n'était-ce inquiétant que pour Alix, parce qu'elle savait qui y vivait.

Les bûches entassées près de la porte sentaient la mousse et le moisi. Du côté de la mare, par-derrière, on entendait des canards. Alix s'était toujours demandé comment ils pouvaient supporter de plonger leurs pattes si nettes dans une eau si sale.

Elle hésita un instant puis, malgré les ordures qui s'entassaient à cet endroit, elle choisit de passer par la porte de derrière. Sans frapper, elle poussa silencieusement le lourd panneau de bois, tout vermoulu dans sa partie basse.

– Ma tante ! souffla-t-elle.

La grosse femme qui tirait du vin au tonneau sursauta :

– Alix ! Que fais-tu ici ?

– Je suis venue vous rendre visite, ma tante, puisque vous êtes la sœur de ma mère et ma seule parente.

– C'est gentil, Alix, mais tu sais que ton oncle n'aime pas beaucoup te voir traîner par ici !

Tout en parlant, elle avait désigné de la tête la porte derrière laquelle on entendait des rires avinés. La resserre sentait le graillon et la terre imbibée de vieux vin.

– Ma tante, chuchota Alix, je vais être sincère avec vous : un seigneur a été tué sur le chemin de la forêt hier matin, et je sais que c'est Ordin le Jongleur qui a fait cela.

– Que me racontes-tu là ? s'effraya la femme.

– Rassurez-vous, ma tante, je ne le dirai à personne. Ce que je veux savoir, c'est qui l'a payé pour cela, c'est tout.

La peur quitta peu à peu le gros visage, faisant place à la méfiance :

– Si Ordin savait que tu sais…

– Personne ne le saura, sauf si vous le lui dites, ma tante. Et puis, il s'en moque : il sait bien qu'il est intouchable et que les hommes de police ont bien trop peur de lui et de sa bande. Dites-moi si vous savez quelque chose, je vous en prie, ma tante !

– Ce n'est pas un repaire de bandits, ici !

– Allons, tante Rosemonde, il n'y a que les hommes de police à ne pas savoir que l'auberge est le quartier général de la bande !

– En tout cas, ils ne parlent pas devant moi. Je ne sais rien, conclut la femme d'un air buté.

– Même pas si les hommes d'Ordin ont gagné de l'argent ?

– Ah… justement non, ils n'en ont pas. Ils s'en sont assez plaints, d'ailleurs, et ils ont dit que ça n'allait pas se passer comme ça !

– Quoi donc ? Ils sont en colère contre quelqu'un ?

La grosse femme souffla d'un air irrité :

– Si je te le dis, tu files avant que ton oncle ne t'aperçoive ?

– Promis.

– Je t'aime bien, tu sais, mais si ton oncle apprend que tu es venue, il sera furieux. Et quand il est furieux, il me bat ! Il prétend que tu es un poison et que tu ne cherches qu'à le voler.

– À récupérer ma part d'héritage, vous voulez dire ?… Mais laissons cela, je me fiche de l'héritage, et racontez-moi tout. De quoi Ordin se plaignait-il ?

– Hé bien ! Voilà : un jeune seigneur leur a commandé un meurtre, en promettant que le seigneur visé aurait une bourse bien garnie. Malheureusement tout n'a pas dû se passer comme il était prévu, et la bourse de la victime était presque vide.

– Et qui est ce seigneur ? bredouilla Alix en pâlissant.

– C'est le duc Jean, tu le sais bien.

– Non : le seigneur qui a payé, « jeune seigneur », avez-vous dit.

– Ça, je n'en sais rien du tout. Je peux seulement affirmer qu'Ordin était bien en colère, qu'il a fait parvenir un message au château pour ce seigneur, exigeant immédiatement une bourse pleine d'or en paiement du travail accompli et que rendez-vous a été pris pour ce soir, aux Trois Chemins.

– Quelle heure ?

– Je l'ignore et je m'en fiche. Dans ce métier, il ne faut pas trop en savoir, et j'en sais déjà beaucoup trop. Et toi aussi !

– Ne vous inquiétez pas. Adieu, ma tante, et merci !

– Attends, Alix, ne va pas prévenir…

– Je ne préviendrai personne, je vous le jure. Le renseignement ne servira qu'à moi, et jamais contre Ordin : lui n'est que l'arme. C'est le vrai coupable que je veux connaître.

10

Une bourse ? Quelle bourse ?

« Isabelle doit être inquiète ! » se répéta Alix.

Cachée dans les fourrés, elle se sentait un peu malade et transie de froid. À chaque fois que lui venait à l'esprit l'expression « jeune seigneur », cela lui serrait le cœur. Et à chaque fois, elle s'écriait : « Non ! Non ! Non ! »

Il y avait bien Robert de Tury, qui n'était pas très vieux… mais qu'on ne pouvait pas pour autant qualifier de jeune. Alard de Treford, si gros qu'elle n'arrivait pas non plus à lui appliquer cet adjectif. Peut-être ce Vincent… d'Arcor : lui était jeune. Laid mais jeune. Et puis bien sûr, il restait… Oh non ! Pas lui ! Non ! Non ! Non !

Si elle avait su, elle aurait pris son manteau. On n'imagine pas comme les nuits de printemps peuvent être froides. À quelle heure était donc prévu ce rendez-vous ? Les Trois Chemins, c'était pourtant bien ici, bon sang de bois !

Elle se frotta les bras, se releva un peu pour sautiller sur place, puis se pelotonna de nouveau dans les buissons.

Les nuages voilaient la lune. On n'y voyait rien, et Alix sentait qu'elle allait s'endormir, quand un bruit de sabots sur le chemin empierré lui fit dresser l'oreille.

Il semblait y avoir plusieurs chevaux, qui venaient ensemble de tous côtés.

Alix n'osait plus respirer.

– Tout le monde est là ? interrogea une voix grave. C'est bon. J'ai enfin récupéré l'argent, une belle bourse bien pleine.

– Fais voir !

– Combien y a-t-il ?

– Cent livres d'or !

On entendit des petits sifflements, puis un bruit de pièces qu'on devait se partager.

– Comme convenu, reprit la même voix, part égale, bien que, je vous le rappelle, ce soit moi qui aie tiré.

– C'est nous qui avons arrêté les deux hommes…

– Je ne le nie point, c'est pourquoi j'admets la part égale.

Il y eut encore quelques exclamations grossières de satisfaction, et ce fut tout.

Alix se déplia avec peine. Ses muscles étaient noués et ses pieds endoloris. Ce froid, cette attente, ces courbatures… Tout cela pour rien !

Elle faillit répéter une des grossièretés qu'elle venait d'entendre de la bouche des hommes d'Ordin. Tout cela pour rien ! Sa tante avait mal compris, ce n'était pas le rendez-vous d'Ordin et du « jeune seigneur », mais celui d'Ordin et de sa bande !

« Si j'avais réfléchi, se dit soudain Alix, j'aurais tout de suite compris : puisque ce "jeune seigneur" est au château, comment pourrait-il en sortir en pleine nuit sans se faire remarquer ? »

Idiote ! Elle était idiote de n'avoir pas compris cela plus tôt ! Ordin avait déjà récupéré la bourse d'or, et, naturellement, impossible de savoir qui la lui avait donnée !

Maintenant, elle sentait ses pieds complètement glacés, et elle ne pouvait plus courir tant ses muscles étaient engourdis.

La grosse masse du château se devinait au loin, plus à la sourde colère du vent, qui butait sur les remparts avant de se résoudre à se détourner de sa route, qu'à son énorme squelette hérissé de tours qui ne parvenait pas à percer l'obscurité de cette nuit.

Tout semblait dormir. Le grand pont-levis avait été relevé aux dernières lueurs du jour, et la seule vue de l'étroite langue de bois collée à la muraille fit résonner aux oreilles d'Alix le grand bruit de chaînes qui accompagnait toujours la fermeture. Grincement si rassurant quand on était à l'intérieur, si angoissant quand on restait dehors !

Voilà ! Il était hors de question de rentrer ce soir. La nuit lui sembla soudain encore plus noire.

Alix descendit à tâtons la pente raide du fossé, la contrescarpe taillée dans le rocher. Heureusement, le château du seigneur Orderic n'était pas entouré d'eau, mais seulement d'un large fossé où courait un ruisseau étique et glacial, dans lequel Alix évita de tremper ses pieds.

Elle remonta l'escarpe, au pied du château, en s'aidant péniblement des mains. À cet endroit de la lourde muraille, elle savait trouver un trou qui l'abriterait ; un trou qu'avait ouvert, des années auparavant, au temps des guerres entre voisins, un ennemi acharné. Après avoir descellé les pierres, il avait fait bourrer l'orifice de paille et de bois et y avait mis le feu, pour tenter d'affaiblir le maçonnage et de provoquer son effondrement.

Mais le rempart, à cet endroit, devait bien avoir douze pieds d'épaisseur, et rien ne lui faisait peur. Il avait résisté. Seul demeurait le trou de pierres noircies. Alix s'y glissa.

•

– Alix ! Où étais-tu donc passée ?

Jacquemin arborait un visage à la fois soucieux et soulagé. Il venait juste d'abaisser le pont-levis, et les chaînes oscillaient encore un peu.

– J'ai dormi chez ma tante.

– Sans prévenir ? gronda Henriet. Tu sais que tout le monde au château était sens dessus dessous !

Ton frère était mort d'inquiétude, sire Orderic t'a fait chercher partout, et…

– Je suis confuse, mais il était si tard… Je file voir damoiselle Isabelle pour la rassurer. Soyez gentil, Henriet, prévenez que je suis rentrée saine et sauve.

Le cœur gros, elle monta l'escalier de la tour nord.

– Oh ! Alix ! Te voilà enfin, où étais-tu ? Que faisais-tu ? Tu as l'air d'être gelée !

– J'ai attendu le matin, articula Alix en se laissant tomber sur un gros coussin brodé de fleurs. Le pont-levis était fermé.

– On l'aurait ouvert pour toi, Alix. Henriet et Jacquemin t'ont guettée toute la nuit !

Le visage de la petite était désolé. Elle n'aurait jamais pensé que quelqu'un veillerait à cause d'elle. Il faudrait qu'elle aille s'excuser auprès des deux gardes mieux qu'elle ne l'avait fait, auprès de tout le monde…

Elle prit distraitement le bol de lait chaud que lui tendait sa maîtresse, mais, retrouvant ses esprits, elle protesta :

– Mais ce lait est le vôtre !

– Bois. Si j'en ai besoin, je pourrai toujours en demander d'autre. Je n'ai pas passé la nuit dehors, moi ! Bois !

Isabelle déposa sur les épaules de la fillette la courtepointe qu'elle venait de retirer du lit. Alix sentait bien qu'elle était en colère – certainement le contrecoup de l'inquiétude qui avait dû la tenir éveillée toute la nuit. Alors elle lui raconta tout : le trou dans le manteau, Ordin le Jongleur, l'auberge, les Trois Chemins... Toutefois, sans en être vraiment consciente, elle ne prononça pas « jeune », seulement « seigneur ».

Isabelle réfléchissait tout haut :

– Ainsi, ce seigneur a donné une pleine bourse d'or… Si nous savions à quoi ressemblent les bourses de ceinture de chacun de nos hôtes…

– Moi, je le sais fort bien, dit Alix qui commençait à se réchauffer : celle d'Alard de Treford est brodée de perles, celle de Robert de Tury est de mosaïque de cuir, celle de Pierre de Vallès en cuir noir ; pour le vieux Foulques, c'est du velours rouge.

– C'est bien. L'un d'eux ne l'a sans doute plus…

– À moins que le seigneur ait donné non pas sa bourse de ceinture, mais une autre, qu'il aurait eue dans une cassette, par exemple.

– C'est vrai, admit Isabelle.

– Il faut tout de même vérifier.

Alix se sentait beaucoup mieux. Le sang et les idées recommençaient à circuler dans sa tête.

– Je vais aller voir Ordin, décida-t-elle d'un coup.

– Oh non ! Grand Dieu, non ! Tu es folle ? Je t'interdis bien de faire une chose pareille !

– Tranquillisez-vous, damoiselle Isabelle, Ordin est un bandit, mais il ne tue pas les petites filles. Et puis, il a une voix franche et agréable.

– Une voix franche et agréable… Cela est-il suffisant ?

– Il faut savoir à quoi ressemble la bourse qu'il a entre les mains, reprit Alix sans répondre, et, pour cela, je vois une bonne solution : je vais aller lui vendre quelque chose, un de vos surcots, par exemple… Si vous voulez bien, naturellement !

– Pourquoi achèterait-il un surcot ?

– Il me prendra pour une voleuse, il aura donc confiance. Vous ne savez pas qui est son amie ?

C'est Létitia, une très jolie fille, et je suis sûre que votre surcot bordé d'hermine lui plairait.

– Je te donnerais volontiers ce surcot, Alix, si j'étais sûre que tu ne coures aucun danger.

– Ordin sortira sa bourse pour le payer. N'ayez pas peur, damoiselle Isabelle. Je l'ai vu partager l'argent du seigneur, et, à mon avis, il est honnête… enfin, honnête avec les gens de son métier !

La jeune fille se dirigea d'un pas hésitant vers le coffre où l'on roulait ses surcots, en choisit un dans le fond – de manière à ce que la disparition ne soit pas visible – et hocha la tête avec une expression de profonde incertitude.

– Prends bien garde à toi, dit-elle enfin. S'il t'arrivait malheur…

– Ne craignez rien, la rassura Alix en serrant de ses bras menus la taille mince de sa maîtresse. Moi aussi, je tiens à la vie !

Puis elle caressa le surcot :

– Je vais le rouler dans mon vieux manteau pour sortir du château. Et cette fois, je serai de retour avant la nuit, je vous le promets.

Comme elle allait sortir, elle décela une attente sur le visage d'Isabelle.

– Vous vouliez me dire quelque chose ?

– Non… non !… Tu n'as rencontré personne, en venant ici ?

– Personne, répondit Alix.

Elle fit son plus beau sourire et sortit. Bien sûr, tout était de sa faute ! Maintenant, Isabelle aurait bien voulu qu'elle lui parle d'Étienne, mais…

11

Catastrophe !

Étienne de Peyrac ! À chaque fois qu'elle avait pensé à lui, tout au long de cette pénible nuit, c'était avec une épine dans le cœur, et voilà qu'il venait droit à elle dans le couloir des courtines, ce couloir si étroit qu'il était difficile de s'y croiser. Et dès qu'elle l'aperçut, d'un coup, toute sa méfiance disparut. Elle le trouva encore plus merveilleusement beau qu'avant.

– Tiens ! Voilà la petite fée du château !

– Bien le bonjour, monseigneur. Avez-vous bien dormi ?

– Fort bien, et en partie grâce à toi. Sais-tu que je me sens dans ce château comme si j'étais chez moi ! Le seigneur Orderic est un homme fort accueillant et d'un commerce agréable. Il m'a invité à demeurer un peu chez lui. Ne trouves-tu pas cela extrêmement courtois de la part d'un homme qui me connaît à peine ? Après tout, je pourrais très bien n'être qu'un aventurier !

– Oh ! Je suis si contente, seigneur Étienne ! s'exclama Alix en tapant des mains.

Puis son regard s'accrocha à la ceinture du jeune seigneur et elle leva vers lui de grands yeux effarés.

– Vous... vous n'avez plus votre bourse ?

– Dis-moi, tu es une fine observatrice ! Crois-tu que c'est bête : je ne sais pas où elle est passée. Peut-être l'ai-je perdue, tout simplement, à moins qu'on ne me l'ait dérobée.

– Qu'on ne vous l'ait dérobée ? bégaya la petite.

– Je t'en prie, n'en parle à personne : sire Orderic a suffisamment de soucis. Savoir qu'on a volé, dans son propre château, un de ses hôtes, serait pour lui un tracas supplémentaire et inutile. Tant pis pour cette bourse, Alix, et gardons au seigneur de ces lieux un peu de tranquillité.

– Il... il y avait beaucoup d'argent dans cette bourse ?

– Assez. Cent livres, je crois, qui vont bien me manquer, mais... (Son regard s'accrocha au visage de la fillette.) Alix ! Que t'arrive-t-il ? Tu ne te sens pas bien ?

– Si… Si, ça va.

– Mais non ! Tu es toute pâle, veux-tu que j'appelle quelqu'un ?

– C'est… c'est inutile… Je vais bien…

Les jambes flageolantes, Alix s'enfuit dans le couloir, laissant Étienne stupéfait et vaguement inquiet. Tout en dévalant l'escalier, elle sentit ses yeux s'emplir de larmes. À quoi bon, maintenant, aller vendre le surcot ? Elle savait tout !

•

Sur le chemin du village, l'air frais lui fit du bien. Peu à peu, elle retrouvait à la fois ses esprits et l'espoir.

Et si vraiment cette bourse n'avait rien à voir dans l'affaire ? Si vraiment Étienne se l'était fait voler ? Si vraiment…

Dans les champs, l'épeautre sortait à peine de terre, en petites tiges vertes et tendres. C'est à des choses aussi simples que cela qu'il fallait attacher son esprit.

Pourtant, Alix n'y arrivait pas : elle était loin d'être aussi tranquille qu'elle avait voulu le faire croire à Isabelle. Ordin n'avait pas la réputation d'un monstre, certes, mais c'était tout de même un bandit, un bandit qui ne reculait pas devant un meurtre pour gagner de l'or.

À cette heure de la matinée, elle était presque sûre de le rencontrer à l'auberge. Ce qui la confortait dans son idée, c'était qu'aucun homme de police n'avait encore paru sur les terres du comte Orderic, et qu'Ordin le Jongleur n'avait donc, pour le moment, rien à craindre.

De toute façon, elle savait bien que ses guetteurs étaient partout et que, dès qu'elle aurait pénétré dans le petit bout de forêt, elle serait suivie par des yeux méfiants.

Malgré le soleil qui commençait à réchauffer la terre, elle avait un peu froid. « Certainement à cause du manque de sommeil », pensa-t-elle.

Au pied de la colline, là-bas, le verger du château éclatait de fleurs blanches. Il lui semblait d'ici qu'il y avait plus de fleurs cette année que d'habitude. Il ne faudrait pas qu'une malencontreuse gelée matinale ne tue l'espoir qu'elles portaient en elles. L'an passé, on n'avait, pour cette raison, presque pas eu de fruits.

Alix songeait à tout cela en marchant vers l'auberge, cela lui évitait d'imaginer sa rencontre avec Ordin. C'était une habitude chez elle : ne jamais réfléchir à l'avance à un sujet qui fait peur mais qu'il faudra de toute façon affronter.

•

Quand elle poussa la porte de l'auberge, sa main ne tremblait même pas. Les hommes étaient assis au fond, et le vin, malgré l'heure matinale, coulait déjà à flots.

Reconnaissant Ordin et sa bande, Alix marcha droit à eux, sous l'œil médusé de son oncle qui n'eut pas le temps de faire un geste. Elle déroula le paquet qu'elle portait sous son bras, découvrit le surcot et, tout en se composant un visage de conspiratrice, annonça son prix :

– Belle étoffe ! reconnut Ordin. Un cendal très souple.

Il apprécia le tissu d'une main de connaisseur, avant de conclure sur le ton de la plaisanterie :

– Mais soixante livres, c'est une petite fortune ! Je n'ai guère l'habitude d'acheter ce genre de marchandises. D'ordinaire, je les vole.

Le faux air de sérénité qu'Alix avait eu grand-peine à se donner était en train de la quitter. Et si Ordin volait tout simplement le surcot !

L'envie lui prit soudain de saisir le vêtement et de partir à toutes jambes… Et en même temps, quelque chose lui disait qu'Ordin n'avait pas l'intention de s'approprier le vêtement de si vilaine façon.

– Dix livres, alors, bredouilla-t-elle en se tordant nerveusement les doigts.

Ordin partit d'un grand éclat de rire, puis, tapant du plat de la main sur le délicat tissu, il proposa :

– Je t'en donne quinze, va ! C'est un bon prix, mais il faudra que tu apprennes à marchander mieux que ça !

Alix en resta toute stupéfaite – Ordin n'était pas si effrayant –, et c'était maintenant que son menton se mettait à trembler.

L'homme porta tout simplement sa main à sa ceinture, et en détacha une bourse de cuir gratté d'un bleu pâli par le temps.

Le soulagement d'Alix fut sans bornes : rien à voir avec la bourse de cuir fauve d'Étienne ! Elle prit les quinze livres avec un grand sourire et sortit de l'auberge. Elle avait envie de chanter.

Elle riait toute seule en chemin : pas la bourse d'Étienne, pas la bourse d'Étienne !…

Elle s'arrêta soudain, réalisant en un éclair que si ce n'était pas la bourse d'Étienne, c'était celle d'aucun autre non plus, et que son enquête repartait donc de rien.

De rien. Tant pis, elle était bien soulagée. Elle réfléchissait à ces nouvelles données lorsque, au carrefour des Trois Chemins, son regard s'accrocha… Là… Oh ! Abomination…

Alix devint toute blanche. La bourse de cuir bleu, c'était celle d'Ordin, et il avait tout simplement jeté l'autre. Derrière la croix qui marquait le carrefour des Trois Chemins, gisait une bourse de cuir fauve.

12

Un bon pouce est parfois de bon conseil

Alix s'assit dans l'escalier noir du sous-sol et éclata en sanglots. Étienne... C'était lui qui avait tué le duc Jean. Elle, Alix, avait trouvé la bourse, et c'était la sienne. La sienne !

Quel menteur ! Quel menteur ! Non, on ne lui avait pas volé sa bourse ! « Un jeune seigneur »... Finalement, elle avait toujours su que c'était lui, depuis le début. Elle avait seulement préféré fermer les yeux.

Oh ! Ce qu'elle aurait voulu, maintenant, c'était dormir. Dormir pour ne plus penser à rien.

Les larmes roulèrent de nouveau sur ses joues. Elle les essuya d'un revers de main puis, sans y penser, glissa son pouce dans sa bouche. « Ne rien dire à sire Orderic pour ne pas l'inquiéter... » Fourbe ! Menteur et fourbe. Oh ! Comme elle lui en voulait ! Horriblement ! Elle songea à Isabelle. Comment lui annoncer cela ?

De son index replié, elle frotta distraitement le bout de son nez... Et si, par hasard, Étienne n'était pas l'affreux personnage qu'elle croyait ? Et si on lui avait réellement volé sa bourse, pour payer les bandits, tout simplement ? Si le « jeune seigneur » était un autre ?

Pfff... Qui aurait pu voler cette bourse ? Aucun des seigneurs présents n'aurait eu besoin de cet or pour payer un meurtre.

Et si par hasard c'était lui, pourquoi aurait-il tué : par amour ? Il ne connaissait pas Isabelle à ce moment-là. Pour l'argent de sa dot ? Qu'est-ce qui pouvait lui faire penser qu'il serait choisi à la place du duc Jean ? Personne au château ne le connaissait.

Alix songea un court instant qu'elle aurait mieux fait de se taire plutôt que de parler à sire Orderic.

Puis elle pensa à Étienne, à ses yeux rieurs, à sa gentillesse...

Son pouce devenait chaud et souple, c'est là qu'il était le meilleur, presque magique. Thomas, qui se moquait toujours d'elle, ne savait pas combien un pouce peut être de bon conseil.

Elle l'ôta soudain de sa bouche et l'essuya dans le creux de son autre main. Non et non : puisqu'elle n'arrivait pas à y croire, elle allait faire comme si rien ne s'était passé, prendre le pari qu'Étienne de Peyrac était innocent de ce drame, et recommencer l'enquête depuis le début. Quel début ?…

Eh bien… par le duc Jean ! Si elle fouillait de ce côté-là ? Par exemple : avait-il des ennemis ? Une femme, peut-être, un premier mariage qu'il aurait caché, ou un voisin qui convoitait ses terres…

Admettons qu'il y ait dans ce château quelqu'un qui voulait le faire tuer à cause d'Isabelle, peut-être pour une autre raison… Oui, pour une autre raison. Seulement, comment trouver cette autre raison ?

Interroger le serviteur. Cela pourrait bien lui apprendre quelque chose d'intéressant : un serviteur est toujours au courant de plus de choses qu'on ne le croit.

Ou bien sire Orderic ! Un père qui choisit un mari à sa fille doit posséder sur lui bien des renseignements, tous les renseignements utiles lorsqu'on envisage une alliance. Par exemple : qui est son héritier ? Oui… un héritier…

Mais choisir juste ce jour-là pour tuer ?…

Si ! Pour créer une fausse piste, pour que tout le monde croie que c'est un rival qui a commis le meurtre !

Mais alors… ce ne serait pas quelqu'un du château. Jean le connaissait, tout de même, son héritier ! À moins qu'un des seigneurs ici présents ne soit un complice de l'héritier.

Tout cela était abominablement compliqué, mais elle ne pouvait pas laisser les choses ainsi. Elle allait, de ce pas, parler à sire Orderic.

Alix regarda un moment son pouce et lui sourit. Elle se sentait beaucoup mieux.

•

Alix s'arrêta à la porte de la grande salle. On y préparait la table du souper : la nappe n'était pas encore étalée mais la longue planche reposait déjà sur ses tréteaux. Cela lui rappela qu'elle n'avait rien avalé depuis le bol de lait du matin.

Sire Orderic était là, en grande discussion avec le comte Robert, ce qui lui parut tout de suite très inquiétant. Le seigneur Orderic n'allait tout de même pas donner sa fille à ce… à ce…

On entendit un bruit de porte. Alix glissa de nouveau son regard dans la pièce. On ne voyait plus que les serviteurs qui allaient et venaient, tendant les nappes, disposant les plats. Robert de Tury s'était éclipsé, sans doute par la porte des courtines qui ouvraient sur le nouveau logis, mais le comte Orderic était toujours là, assis dans la cheminée*, l'air songeur.

Alix contourna la grande table et se faufila près de lui.

– Où étais-tu donc, cette nuit ? gronda le seigneur. Quand on m'a dit ce matin que tu étais enfin rentrée… Tout de même, Alix, as-tu pensé à l'angoisse que nous avions tous ?

– J'y ai pensé, sire Orderic, mais puisque le pont-levis était fermé…

– Nous aurions ouvert, Alix ! Crois-tu que nous t'aurions laissée dehors ?… Enfin, puisque tu es là, c'est l'essentiel !

– Vous avez toujours du tourment à cause du duc Jean ?

* Les cheminées étant très larges,
on installait des bancs à l'intérieur.

– Évidemment, Alix, on n'oublie pas un si douloureux événement. Mais j'ai prévenu le prévôt : nous attraperons ces maudits brigands !

Alix ne prêtait guère attention aux paroles de son maître. Elle poursuivait son idée :

– Messire Jean sera-t-il enterré ici ?

– Non, bien sûr, nous allons faire escorter sa dépouille jusque sur ses terres où il souhaitait dormir à tout jamais dans le tombeau familial.

– Il a beaucoup de famille ? Des frères, des sœurs ?

– Aucun.

– Alors, qui en héritera ?

– Voilà une chose à laquelle je n'ai pas songé, Alix. Quelle drôle de question !

– Son cousin, peut-être ?

– Son… (le comte Orderic ouvrit de grands yeux.) De quel cousin veux-tu parler ?

– Eh bien, le comte Robert de Tury !

– Qu'est-ce que tu me chantes là ? Jean et Robert ne sont pas cousins !

Devant la certitude imprimée sur le petit visage, il réfléchit :

« Si, songea-t-il : cousins issus de germains, puisque la mère de Robert était la cousine du père de Jean. »

– Ce que tu dis est vrai. Comment le sais-tu ?

– Ça, c'est mon secret. Le résultat de mon enquête.

Le comte Orderic dévisagea la petite :

– Ton enquête ? Tu crois donc… Tu crois que…

– Que ce ne sont peut-être pas les brigands qui sont à l'origine de ce mauvais coup.

– Et tu penses au comte Robert ! s'indigna sire Orderic.

– Je pense à n'importe qui.

– Hum… J'ai peut-être eu plus raison que je ne croyais d'alerter le prévôt. Qu'il attrape Ordin…

– Ordin ?

– Bien sûr, tout le monde au château prétend que la blessure ne peut être faite que par lui.

– Ah ! lâcha Alix d'un ton déçu.

Ainsi, tout le monde avait tiré les mêmes conclusions que Thomas et elle !

– Le prévôt viendra avec de très nombreux sergents, et nous mettrons fin aux agissements de cette bande de meurtriers sans foi ni loi. Nous saurons bien les obliger à parler. Si quelqu'un leur a commandé le crime, ils devront l'avouer.

Sur ces paroles, sire Orderic se leva et descendit vers la salle de garde. Alix resta suffoquée.

Le prévôt… le prévôt… Mais, pour l'instant, tout accusait le seigneur Étienne ! Si Ordin décrivait la bourse… Oui, mais il saurait aussi décrire le seigneur, et si ce portrait ne ressemblait pas à Étienne, il serait hors de cause !

Alix ne savait plus que penser. Elle voyait Étienne en prison, roué de coups… Oh ! Même si c'était lui le coupable, cette vision lui était insupportable !

Non ! Il fallait qu'elle trouve le coupable. Un autre coupable.

13

Ça recommence !

– Vous devez être bien triste, messire de Tury, bien triste et bien heureux.

– Bien heureux ?

Alix craignait que le seigneur Robert ne remît la conversation sur son mensonge au sujet de sa maîtresse boiteuse, et elle enchaîna aussitôt :

– C'est vous qui héritez, non ?

– Quelle insolente petite personne ! Depuis quand les servantes se mêlent-elles de questionner ?

– Je ne vous questionnais pas, je vous félicitais.

– Eh bien ! Tu félicites à tort : contrairement à ce que tu peux croire, péronnelle, je n'ai rien à voir avec cet héritage. Je te vois déçue : j'aurais fait un bel assassin, n'est-ce pas ?

Alix dut reconnaître dans son for intérieur que ce n'était pas entièrement faux.

– Mais alors, vous savez qui hérite ?

Le seigneur Robert éclata d'un gros rire. Finalement, il n'était peut-être pas si méchant ! Alix songea qu'il fallait qu'elle se méfie de ses a priori : Ordin, déjà, l'avait heureusement surprise, et il semblait que Robert…

– Eh bien ! Belle damoiselle, sachez que c'est son fils, l'héritier, tout bonnement !

– Son fils ?

– Oh ! Bien sûr, pas un fils officiel, et c'est pourquoi il n'en a jamais parlé. Un fils qu'il a eu avec une femme qu'il n'a jamais épousée.

– C'est un petit garçon qui hérite ?

– Tsss ! Qui te parle de petit garçon ? Jean avait quarante ans, il est normal que son fils puisse en avoir vingt !

– Vingt ans ? Mais… vous le connaissez, ce fils ?

– Non point, et je m'en moque !

Le seigneur Robert haussa les épaules et sembla interroger du regard quelqu'un, du côté de la porte.

Alix tourna la tête. Elle ne l'avait pas vu, mais l'écuyer de Robert de Tury était là, à remettre en ordre le costume de chasse de son maître. Elle lui trouva un air bizarre, comme tendu.

– Alors qui le connaît, ce fils ? Comment va-t-on le prévenir ?

– C'est moi qui le préviendrai.

– Mais puisque… puisque vous ne le connaissez pas !

– J'enverrai une missive à son adresse, que je possède depuis longtemps, car Jean m'avait demandé de veiller à tout s'il venait à disparaître. Je suis son exécuteur testamentaire. Bien sûr, si Jean s'était marié, le testament aurait sans doute été modifié.

– Sa mort arrange donc drôlement bien cet héritier. Vous savez son nom ?

– Il s'appelle Philippe Autan. C'est tout ce que j'en sais. C'est tout ce qu'en savait Jean aussi, car il ne l'a jamais vu.

De nouveau, Robert eut un regard vers son écuyer, qui s'était remis à ranger en lui tournant maintenant le dos.

Le nom de Philippe Autan ne disait rien à Alix, mais l'homme pouvait très bien se cacher sous une autre identité. Elle s'inquiéta soudain :

– Comment serez-vous sûr que c'est bien lui ?

– S'agit-il d'un interrogatoire ? fit Robert avec humeur. Je me demande bien pourquoi je te réponds. Tout cela est ridicule !

– Oh ! Je vous en prie, seigneur Robert.

– Hum…

Robert secoua la tête avec exaspération. Enfin, prenant le ton de qui fait contre son gré la leçon, il reprit :

– Quand un père souhaite ne pas reconnaître son enfant officiellement, il peut en même temps garder la possibilité d'en faire son héritier, s'il n'en a point d'autre : dans ce cas, il le reconnaît par testament, et laisse à l'enfant un objet portant son sceau. Pour l'identifier, tu comprends ? Pour Philippe, il s'agit d'une bague, qui doit porter les trois hermines du blason de la famille.

– Trois hermines, c'est joli. Vous l'avez averti, l'héritier ?

– Pas encore. Il vit loin d'ici. C'est une histoire qui date du temps de la dernière croisade menée par notre bon roi Louis.

– Ah ! C'est un enfant que Jean aurait eu au moment de la croisade ? Un étranger, alors ?

– Non ! Il habite seulement le Sud de la France.

Alix sentit son sang se glacer dans ses veines. Elle s'appuya sur le mur du couloir.

– Tu devrais dormir plus et courir moins, conseilla Robert d'un ton narquois, cela t'éviterait ces faiblesses.

Alix ne l'entendait plus. Elle tourna le dos et s'en alla, l'air hagard.

•

« Ordin… se répétait-elle. Il n'y a qu'Ordin qui puisse me dire. Oh ! C'est horrible ! Trop horrible ! »

Elle quitta le château comme une somnambule, et piqua droit vers le village.

Devant ses yeux passait et repassait le visage d'Étienne, ses cheveux blonds. Oui, ça l'avait tout de suite étonnée, ces cheveux blonds, pour un homme du Sud. Quelle horreur ! Il tenait bien sûr ce teint clair du duc Jean !

•

– Ordin ! Ordin ! cria-t-elle. Or… din !

L'auberge semblait sans vie.

– Or… din !

La porte s'ouvrit brutalement et un homme sortit comme un diable, roulant des yeux furieux. Il la saisit durement par le bras, et ce n'est qu'à ce moment-là qu'elle reconnut son oncle.

– Tu es folle ou quoi, à crier comme cela ! Qu'est-ce que tu veux ?

– Je veux voir Ordin, dit la petite en pleurant.

– Tu ne crois pas que tu en as assez fait comme cela ! Tu vas finir par nous attirer des ennuis ! Qu'est-ce que tu lui veux, à Ordin ?

– Je veux qu'il me dise qui l'a payé pour tuer le duc Jean.

L'oncle la considéra un moment, abasourdi :

– Folle. Elle est folle !

– Ordin ! cria encore Alix en essayant d'échapper à la main qui l'agrippait.

– Tais-toi, fille de rien ! S'il t'entendait…

Alix ouvrit encore la bouche pour appeler, mais la main de son oncle se plaqua durement sur ses lèvres.

– Tais-toi ! Je peux te le dire, moi, qui l'a payé, mais ferme-la, palsambleu ! C'est un jeune seigneur habillé en rouge, du dernier chic, tu vois, avec le bas des manches en castor.

– Blond ?

– Peut-être. On ne voyait pas ses cheveux.

– Son nom ?

– Comment veux-tu que je le sache ? Si tu t'imagines qu'il m'a dit (l'homme grimaça d'un ton aigrelet) : « Je me présente… je suis le sieur Troussecotte. » Et maintenant file, et si tu cries encore, je t'assomme !

•

Alix ne sut pas comment elle était revenue au château.

Une chose étrange lui était arrivée, pourtant, que dans son trouble elle avait à peine remarquée : une flèche avait sifflé au-dessus de sa tête. Elle en avait été quitte pour une courte frayeur, suivie d'une vague pensée pour la dangereuse maladresse des chasseurs, et avait aussitôt oublié l'incident.

Dans la haute cour, elle aperçut Étienne. Que regardait-il donc ? Alix leva les yeux. Allons ! Il regardait la fenêtre d'Isabelle, et Isabelle… N'était-ce pas son visage, derrière la vitre bleue ? Alix se sentit encore plus découragée. Enfin…

puisque Étienne était là, c'est en tout cas qu'il n'était pas dans sa chambre.

Elle se dirigea vers la tour est et monta.

Sa chambre n'était même pas fermée ! Ça lui ressemblait bien… Enfin, ça ressemblait bien à l'idée qu'elle s'en faisait avant.

Elle saurait, elle saurait, elle saurait ! Il n'y avait plus à reculer ! D'une main ferme, elle souleva le couvercle du coffre à vêtements.

Pas très nombreux, les vêtements. De bonne toile, sobres, d'un certain chic. Elle souleva les surcots, les manteaux, les chausses, les chemises… Rien de rouge !

Elle commençait à respirer mieux, quand elle aperçut l'autre coffre. Elle s'y plongea. De nouveau ses mains tremblaient et son cœur faisait une course folle.

– C'est intéressant ? dit une voix d'homme.

Alix se retourna d'un bond, s'agrippant au panneau de bois de ses doigts paralysés.

Étienne était debout devant la porte refermée. Elle ne l'avait pas entendu entrer.

– Je… j'essayais…

– Ce n'est pas la peine de trembler ainsi, Alix ! Je ne vais pas t'égorger parce que tu as fouillé dans mes affaires ! Voyons... Que vas-tu me dire... Que tu faisais du rangement ?

Le ton était plein d'ironie, plus amer que menaçant.

– Je cherchais un costume d'écarlate, débita-t-elle d'un coup.

Elle regretta aussitôt sa franchise, mais Étienne avait l'air seulement un peu surpris.

– Un costume d'écarlate ? Dans mes affaires ? Pourquoi en as-tu besoin ?

– Je n'en ai pas besoin. Je veux seulement le regarder.

– Désolé, Alix, mais je ne suis pas un assez grand personnage pour en porter.

– C'est vrai ? interrogea la fillette pleine d'espoir, vous n'avez pas de surcot écarlate, ni de cotte, ni de manteau ?

– Par Dieu, Alix ! Pourquoi en aurais-je ?

– Oh ! Je suis bien contente ! Bien contente !

Le chevalier de Peyrac resta un moment à contempler la petite qui riait, avec un air de totale incompréhension.

– Je vois que cette information te réjouit…

– Attendez, dit soudain Alix, possédez-vous une bague ?

– Non, pas une : trois ! Tu dois le savoir, puisque tu as fouillé.

– Je n'ai pas eu le temps…

Alix rougit. Avant qu'elle n'ait réagi, Étienne avait saisi le coffret.

Il le cacha derrière son dos :

– Je te le montre si tu me dis ce que signifie cette histoire de costume.

– Oh ! Je vous en prie… Dites-moi si vous avez une bague à trois hermines.

– Ah, ma foi, non ! Je n'en ai pas. Désolé de te décevoir encore une fois.

Alix observa un instant le jeune homme. S'il avait cette bague, il ne le lui aurait évidemment pas dit. Pff… une fois de plus, elle devrait donc se fier à ses impressions.

– J'ai bien envie de vous croire, conclut-elle.

– Tu es vraiment trop bonne avec moi…

– Mais alors, sire Étienne, pourquoi êtes-vous blond ?

Peyrac la regardait avec une surprise grandissante.

– Je rêve, dit-il enfin. Tu me paraissais une petite fille saine et équilibrée, et voilà que tu me tiens des discours incompréhensibles. Tu cherches un costume d'écarlate, une bague et, maintenant, voilà que la couleur de mes cheveux te choque !

– Je voudrais seulement savoir.

– Je tiens ce blond de ma mère, qui est flamande, tout simplement. Mais si tu me disais…

– Votre mère est flamande. C'est merveilleux. Je suis tellement contente ! Tellement contente !

– Eh bien, tu m'en vois ravi.

– Ainsi, vous n'êtes pas Philippe Autan, vous n'avez pas de costume rouge, ni de bague aux trois hermines.

– Ma foi non, fit Étienne, interloqué.

– Et vous n'avez pas tué le duc Jean !

– Tuer le duc Jean ? Mais Alix, qu'est-ce qui a bien pu te mettre une idée pareille dans la tête ?

– Oh ! dit Alix en riant. Ce serait trop long à vous expliquer, Étienne… Enfin, seigneur Étienne. Vous avez vu ma maîtresse, vous avez vu Isabelle ?

Comment la trouvez-vous ? Elle est si jolie, n'est-ce pas ?

Étienne eut un fin sourire :

– Voilà la première chose sensée que tu dis depuis une bonne demi-heure.

14

Un détail oublié

Alix avait pleuré deux ou trois fois dans sa journée, et c'était beaucoup pour elle, mais elle avait tellement ri aussi, avec Isabelle, à cause de toute cette histoire folle.

Maintenant, l'enquête pouvait recommencer : Alix avait repris sa nappe sur le bras, tout était normal. Si l'héritier se trouvait dans ce château, elle saurait bien le démasquer.

Vingt ans… Il ne restait plus guère que Vincent pour répondre au signalement, et peut-être Alard de Treford – mais si c'était lui, il ne ressemblait pas du tout à son père !

Alix chercha Thomas à l'écurie et, ne l'y trouvant pas, fit un tour par le chenil, sans plus de succès.

Dans la salle des gardes, on saurait sans doute la renseigner…

La salle des gardes était tout enfumée. On avait voulu faire du feu avec de la paille humide, et c'était horrible.

À travers le rideau de brume grise, Alix dévisagea les buveurs. Le serviteur du sieur d'Arcor semblait absent.

Elle ressortit en toussant et retraversa la cour vers l'écurie. Un juron l'accueillit, un juron pas trop désagréable à l'oreille et un peu chantant.

– C'est à moi que vous dites ces grossièretés ? demanda-t-elle.

– À vous ? Non !

C'était le valet du duc Jean. Sa main saignait.

– C'est cette saleté de serpe, grimaça-t-il. Je me suis coupé.

– Asseyez-vous donc, proposa gentiment Alix. Vous êtes tout pâle.

L'homme se laissa tomber sur une botte de paille.

– Décidément, ajouta Alix, vous n'avez vraiment pas de chance avec les objets coupants, en ce moment !

– C'est vrai.

C'était tout ce que l'homme put dire. Il semblait à deux doigts de perdre connaissance.

– La vue du sang vous trouble, remarqua encore Alix en lui entourant la main blessée du coin de sa nappe.

Il eut un pâle sourire, qui fit pitié à la fillette.

– Je venais voir le valet du marquis d'Arcor, continua-t-elle, mais puisque je vous tiens… Je voudrais vous demander, à tout hasard : vous connaissez l'héritier du duc Jean ?

L'homme était tout blanc, sur sa botte de foin, et n'osait pas s'allonger, ce qui lui aurait pourtant fait du bien.

– Vous êtes bien bonne de me soigner, articula-t-il. Votre nappe va être tachée. Un héritier, dites-vous ? Je ne sais pas, je n'ai pas l'impression qu'il ait de la famille… Un cousin, peut-être ?

– Non, son fils.

Le valet eut l'air stupéfait :

– Son fils ?

– Bon, conclut Alix, ça ne fait rien. C'était juste pour me renseigner.

– Toujours en chasse ? interrogea une voix derrière elle.

Alix se retourna. C'était l'écuyer de Robert.

– Oh… modestement.

Un moment, elle eut l'impression que l'homme voulait ajouter quelque chose et y renonçait finalement.

Alix roula soigneusement sa nappe. Si on y découvrait des taches de sang, on s'inquiéterait, et il faudrait encore qu'elle perde du temps à tout raconter. Elle sortit.

•

– Alix ! Je suis là ! Dans la cage aux faucons !

– Qu'est-ce que tu fais ?

– Tu sais bien que j'ai toujours demandé à m'occuper des oiseaux… Eh bien ! Cette fois, ça y est : le maître me les a confiés. Seulement regarde !

Alix s'approcha et referma soigneusement la porte derrière elle. Son frère tenait dans ses mains un faucon tout jeune qui semblait mal en point. De temps en temps, il agitait ses petites pattes, en faisant sonner la clochette qui y était attachée.

– S'il meurt, se lamenta Thomas, c'est une catastrophe ! Tu sais comme sire Orderic tient à ses faucons, et le dressage de celui-ci venait à peine d'être terminé. Un an d'efforts, Alix, et regarde !

– Qu'est-ce qu'il a ?

– Personne ne le sait, et le maître fauconnier l'a mis sous ma responsabilité.

– C'est une preuve de confiance !

– Penses-tu ! Il a bien vu que le faucon allait mourir, et, s'il meurt, il pourra dire que c'est ma faute… C'était un magnifique chasseur ! Quel malheur !

– Tu as vu ? Il ouvre un œil !

– Je crois qu'il a pris froid. Je le soigne au vin chaud et au poivre écrasé, mais si ce soir ça ne va pas mieux, je vais essayer de lui faire avaler de la lessive avec des cendres de sarments, et ensuite un lézard ; c'est ce que conseille le traité sur les faucons que possède notre maître.

– Thomas, excuse-moi de te déranger dans tes faucons, mais je voudrais savoir ce que tu penses du seigneur Vincent de quelque chose.

– Hum…, marmotta Thomas, un type bizarre. Vincent d'Arcor… Je ne sais pas grand-chose. Il me donne toujours l'impression d'être en colère contre quelqu'un, et son serviteur m'a tout l'air d'être un faux jeton.

– Ce Vincent, il ne porte pas une bague, par hasard ?

– Aucune idée, il est toujours ganté, tu le sais bien.

Alix sursauta : quelle sotte elle était !

– C'est normal, remarque, ajouta son frère, il ne chasse qu'au faucon et a plutôt intérêt à porter des gants bien épais.

– Mais dans le château, hein, Thomas ? Dans le château, il ne chasse pas au faucon ! Pourquoi porte-t-il des gants au château, des gants en velours rouge ? Où est son écuyer ? Je veux voir son écuyer !

– Oh ! Calme-toi un peu, Alix, il est inutile de crier ainsi ! D'abord, je ne comprends pas ton histoire de gants, et ensuite, si tu veux voir le valet, il est sans doute avec les autres, en train de boire dans la salle de garde de la tour sud… Je me demande… si j'essayais du lard au miel ? C'est ce que dit l'autre traité de fauconnerie.

Alix planta là Thomas et ses problèmes d'oiseau, et fila vers la tour sud.

En passant devant la cuisine, elle vérifia qu'elle portait bien toujours la nappe blanche, et adressa un petit salut amical à Basilie.

Pauvre Basilie, elle devait bien s'ennuyer ! Quand cette affaire serait réglée, il faudrait qu'elle aille la voir, et qu'elle lui raconte tout.

•

– Isabelle… Euh… damoiselle Isabelle… Bien le bonjour, dame Eusébia. Quel beau temps, n'est-ce pas ?

La dame n'adressa pas un regard à la petite effrontée. Elle déposa sur le coffre trois nouveaux feuillets de parchemin et la soie qu'elle venait d'apporter, et sortit la tête haute.

– D'Arcor ! souffla Alix, dès que la porte se fut refermée.

– Qu'a-t-il ?

– Il a, damoiselle, qu'il porte des gants ! Des gants !

– Je le sais, Alix.

– Ces gants peuvent cacher une bague : LA bague !

Isabelle secoua la tête en riant :

– Oui.

– Eh bien, si le duc Jean a un fils dans ces régions, c'est bien qu'il y est allé, non ?

– Oui…

– Alors, il a bien pu en ramener un serviteur.

– Vrai, admit Alix. Pourtant… pourquoi alors le serviteur ne parlerait-il pas toujours avec cet accent ?

– Parce qu'il a quitté depuis longtemps le pays de langue d'oc, et qu'il l'a perdu, son accent, tout simplement. Il lui revient de façon naturelle dans les moments d'énervement, c'est normal !

– C'est vrai. Je crois que cette histoire commence à me tourner les esprits.

Le vieux Foulques s'approchait, saluant de loin Étienne. À regret, Alix dut s'éloigner.

Elle fit quelques pas, se retourna. Quelque chose l'intriguait. Il lui semblait que c'était le vieux Foulques… Oui, il y avait quelque chose à son propos, qu'on lui avait dit, ou bien qu'elle avait vu, mais quoi ?

Maintenant, tout le monde lui paraissait suspect. Les différents éléments de cette affaire continuaient à s'embrouiller de plus en plus dans sa tête. Elle ne savait plus si elle devait chercher le propriétaire d'une bague, ou d'un costume écarlate, quelqu'un qui aurait l'accent du Sud ou un homme à qui il manquerait cent livres en pièces d'or.

Elle aperçut son frère qui rôdait toujours du côté des faucons.

– Thomas ! Le serviteur du duc Jean, tu peux me dire s'il porte une bague ?

– À mon avis, il n'en porte pas, je l'aurais remarquée !

– Je ne veux pas dire forcément à son doigt, mais pendue autour du cou, par exemple.

– Au cou ? Non. Je l'ai vu se laver à la fontaine torse nu tous les matins, et je peux affirmer qu'il n'en porte pas.

– Et les autres ?

– Les autres ? Non plus, je crois. Il n'y a que pour le valet de Vincent d'Arcor que je ne peux pas te répondre : il ne se lave jamais.

– Pff… soupira Alix, c'est vraiment trop dur, trop dur.

•

Il se fit de l'agitation du côté de la basse-cour. Les artisans et les paysans qui avaient leur maison à l'intérieur des premiers remparts se précipitaient pour saluer.

– C'est le prévôt, informa le garde en se penchant du haut de la tour nord. Il est accompagné… oh ! là, là !… une trentaine de sergents. Ça va chauffer pour le sieur Ordin !

– Si Ordin est pris, constata Alix, nous saurons qui est l'homme, seigneur ou non, qui a payé pour faire tuer le duc Jean.

– Ordin ne parlera pas, affirma Thomas. Et puis il n'est pas encore pris, va ! Celui-là a plus d'un tour dans son sac !

– J'espère… souffla Alix.

– Qu'est-ce que tu espères ?

– Qu'on ne le prendra pas.

– Mais c'est un criminel !

– Bien sûr… Pourtant il n'est pas aussi affreux, tu sais. Il m'a donné quinze livres au lieu de dix !

– Il t'a… quoi ?

– Oui, enfin, c'est une histoire compliquée que je te raconterai quand j'aurai le temps.

Deux bœufs roux débouchèrent dans la cour, tirant une charrette de foin. Alix soupira. La vie continuait, on apportait à manger aux chevaux.

Aux chevaux ! Voilà… Foulques, c'était une histoire de cheval. Foulques avait un cheval beaucoup trop fringant pour un vieil homme. Foulques n'était peut-être pas celui que l'on croyait !

Alix s'élança. Ils étaient toujours là-bas, Étienne et Foulques. Sans réfléchir, elle courait vers eux. Elle ne savait même pas ce qu'elle allait faire, elle ne le sut que lorsqu'elle entra en collision avec l'homme.

Ils étaient tous deux tombés de côté, elle et lui ; elle les yeux écarquillés, lui suffoquant de surprise.

Alix restait assise par terre, sans rien perdre du spectacle, et ne songeant pas le moins du monde à s'excuser. L'homme eut une grimace, qui fit jouer toutes les rides de son visage. Ces rides étaient-elles fausses ? Alix fit glisser son regard sur les mains parcheminées, sur les bras décharnés… Cet homme était vieux.

Étienne se précipita pour le relever, tout ébahi de ce qui venait d'arriver.

– Eh bien, Alix…

– Oh ! Je suis désolée, seigneur Étienne, je suis tout à fait désolée, sire Foulques. Oh ! Vraiment désolée. Est-ce que vous pourrez me pardonner ? Vous ne vous êtes pas blessé, au moins ?

– Ça va, ça va ! grogna Foulques en se relevant. Tu as de la chance que je sois encore souple. (Puis, s'adressant à Étienne) Il faut dire que je m'entretiens toujours. J'ai été le meilleur cavalier de la région, et je peux encore tenir plusieurs jours en selle sans fatiguer.

Alix se sentit la honte au front. L'enquête était une chose, se comporter d'aussi vilaine façon avec un vieil homme en était une autre. Si elle avait réfléchi, au lieu de faire n'importe quoi, elle aurait pu tout aussi bien trouver un moyen d'examiner l'homme de près sans le bousculer pour autant.

Elle ne savait plus comment s'excuser, se faire pardonner. Mais… le vieux Foulques avait repris sa conversation avec Étienne, sans accorder plus d'attention à l'incident. Un homme… un homme bien, ce Foulques. Alix eut encore plus honte d'elle-même.

•

Le château n'avait jamais autant retenti de bruits de bottes. C'était effrayant.

Alix ne quittait plus guère la chambre d'Isabelle. Tant pis ! Le duc Jean était mort, et on ne saurait sans doute jamais le fin mot de l'histoire.

Isabelle n'avait jamais été aussi jolie, et gaie. Alix lui racontait tout ce que lui disait Étienne, et la copie du manuscrit n'avançait plus très vite.

•

Cela faisait deux jours que le prévôt était là, lorsqu'on frappa à la porte.

Sire Orderic entra.

– Comment allez-vous, ma fille ? demanda-t-il en embrassant Isabelle.

– Fort bien, mon père, quoique je commence à languir, dans cette tour, et s'il n'y avait Alix…

– Je sais, je sais. Croyez-moi, j'aurais bien préféré qu'il en fût autrement. Enfin, demain matin, le corps de notre pauvre duc Jean va être emporté vers ses terres et la vie reprendra son cours. Après cela, il faudra que j'avise rapidement en ce qui concerne le choix de votre époux.

– Oh ! Choisissez bien, messire Orderic ! s'écria Alix.

Le comte la toisa d'un œil sévère, mais ses sourcils remuaient, comme lorsqu'il tentait de se faire plus inflexible qu'il ne l'était.

– Inutile, Alix, de faire tes grands yeux de biche implorante. Tu n'as aucun droit à la parole, ce me semble !

Alix dodelina de la tête d'un air malheureux.

– Avez-vous bien songé à tous ? dit-elle quand même.

– Alix !

Elle se tut et baissa la tête d'un air confus.

– Voici ce que je voulais vous dire, ma fille : un autre seigneur est arrivé au château.

– Ah oui ! ne put s'empêcher de s'exclamer Isabelle.

– Vous l'avez aperçu, ce me semble, ce malencontreux jour où vous arrivâtes à la messe fort en retard.

– Ah ! Lui ! murmura Isabelle qui ne savait plus quelle attitude prendre.

– Bon ! grogna le comte Orderic, puisque vous avez toutes les deux des airs de conspiratrices, ce n'est peut-être pas la peine que je continue.

– Oh si, messire Orderic !

– A… lix !

Il attendit un moment, avant d'ajouter :

– Adonc ma fille, j'ai pris des renseignements sur ce jeune homme auprès de son parent du duché de Bretagne : bonne famille, père sans grosse fortune, mais d'honorable réputation. Malheureusement, il est d'une famille de huit enfants, et sa part d'héritage se ressentira forcément de cet état de fait. C'est tout ce dont je voulais vous informer, ma fille.

Alix n'intervint pas, malgré les démangeaisons qu'elle se sentait au bout de la langue. Elle attendit que la porte soit refermée et se jeta dans les bras d'Isabelle.

– Honorable ! Famille honorable ! Je vous l'avais bien dit ! s'écria-t-elle en riant.

– Famille honorable, reprit Isabelle. Bien sûr, petite futée, ce n'était pas lui, l'homme à la bague ! Oh, Alix ! Je suis si heureuse !

– Votre père n'a pas dit qu'il le choisissait !

– Il ne l'a pas dit… mais pourquoi m'en parler, sinon ?

– Pas de fortune ! reprit Alix d'un ton malicieux.

– Tu as raison, admit Isabelle. Pourvu que mon père ne s'arrête pas à cela !

– Eh… Savez-vous ce que je lui ai dit, à votre père ?

– Non. Tu m'inquiètes !

– Je lui ai seulement fait remarquer que si un homme ne possède pas de terres importantes, peut-être choisira-t-il de vivre sur le domaine de son beau-père, où il pourrait être d'une grande aide… Ce qui permettrait du même coup au beau-père de garder sa fille.

– Oh, Alix ! Que deviendrais-je sans toi ?…

16

Se servir de ses yeux peut se révéler dangereux

Depuis tant de jours, les iris d'eau étaient fanés. On les avait balayés, mais personne n'avait songé à en cueillir d'autres. Les servantes s'étaient contentées de les remplacer par des tiges de joncs, dans toutes les pièces, et même dans les escaliers. C'était d'un triste !

C'est ce que se disait Alix en arpentant les couloirs du château. Elle essayait d'éviter le plus possible les sergents du prévôt, qui lui faisaient un peu peur, lançaient des ordres sonores d'un ton désagréable et ne savaient marcher autrement qu'en claquant des talons.

L'atmosphère était pesante. On sentait dans l'air la colère du prévôt, qui n'arrivait pas à mettre la main sur Ordin le Jongleur. Le bandit semblait s'être tout simplement volatilisé.

Alix avait beau sucer son pouce dans les escaliers sombres, elle n'avait plus la moindre idée pour faire repartir son enquête.

En un rien de temps, l'ambiance du château était devenue détestable, si ce n'était la présence d'Étienne, qui passait la moitié de son temps dans la cour et qui arrivait, on ne savait comment, à jouer aux échecs avec le vieux Foulques au doux soleil de printemps, sans presque quitter des yeux la fenêtre d'Isabelle.

Alix allait de l'un à l'autre, donnant des nouvelles et en recevant. Mais là, maintenant qu'elle avait constaté la tristesse des planchers, elle était bien décidée : elle allait, de ce pas, cueillir une brassée d'iris.

Depuis le pont-levis, elle aperçut la meute des chiens du château, qui tiraient au bout de leur corde les pauvres valets, obligés de courir tant bien que mal.

Derrière, les deux seigneurs qui chassaient lui semblaient être Vincent d'Arcor et Alard de Treford, menés par le grand veneur du château, et là, revenant vers le pont-levis, Robert de Tury. Vu de loin, il avait l'air furieux ; mais quand il fut plus près, Alix remarqua que ce n'était pas uniquement de la colère. Il serrait les dents.

– Aide-moi ! cria-t-il à son écuyer en arrêtant son cheval.

Il descendit péniblement de sa monture, en pestant contre sa cheville. Alix conclut rapidement à un accident de cheval sans grande gravité.

Elle continua son chemin.

Quand elle revint une heure plus tard, c'est un curieux spectacle qui s'offrit à ses yeux : un cortège, sur le chemin, venait à sa rencontre. Elle reconnut en tête quatre des gardes du château et le gros cheval de labour du comte, qui servait généralement à tirer les lourdes charges et qui était aujourd'hui attelé à une charrette.

Alix comprit alors, car sur la charrette était tendu un drap blanc orné des trois hermines, l'emblème du duc Jean. À l'arrière, on avait attaché le cheval noir et blanc du duc, et Alix lui trouva les yeux tristes. Mais peut-être était-ce seulement elle qui était triste.

Elle s'approcha et posa trois iris sur le cercueil tendu de blanc, puis se signa avant de s'écarter du chemin.

Derrière le cortège suivait le serviteur, les épaules tombantes, l'air abattu.

« Que va-t-il devenir ? » se demanda Alix en remontant vers le château.

Elle se retourna avant de passer le pont-levis, pour un dernier adieu au cortège qui allait disparaître du côté du bois, et demeura pétrifiée.

Un long moment elle resta sans bouger, puis elle leva son regard vers les tours. Isabelle ! Il fallait qu'elle parle tout de suite à Isabelle !

•

– Tu en es certaine, Alix ? Tu es certaine que ce n'est pas le chagrin ?

– Tout de même, damoiselle Isabelle, une mort, c'est toujours triste, mais aurais-je tant de chagrin pour un homme que je ne connaissais pratiquement pas ?... Et puis il y a autre chose, plein de choses qui me reviennent. Il faut que j'aille voir le comte Robert !

Elle claqua la porte en sortant, dévala l'escalier, traversa la salle des gardes, fila par les courtines.

– Alix ! interpella le comte Orderic. Où cours-tu ainsi, on croirait que tu as vu un fantôme !

– J'ai vu un fantôme, monseigneur, je vous jure ! Le fantôme du duc Jean.

– Mais qu'est-ce que ?…

Elle avait déjà disparu.

•

– C'est toi qui tambourines ainsi à la porte ? grogna l'écuyer.

Alix fut un peu décontenancée. Elle ne s'attendait pas à le trouver là. Et puis l'histoire de la cheville lui revint.

– Il faut que je voie messire le comte.

– Il est souffrant.

– Laisse-la entrer, soupira une voix maussade à l'intérieur.

– Messire Robert, c'est très urgent, bégaya Alix en se précipitant vers le lit. Il s'en va !

– Qui s'en va ?

– Le duc Jean.

– Bien… évidemment !

– Avez-vous vu partir le cortège ?

– Non, non, grommela le comte en désignant sa cheville. J'ai dit un dernier adieu à mon pauvre cousin dans la chapelle, ce matin.

– Sire Robert, réfléchissez bien : vous m'avez dit que le duc Jean n'avait jamais revu son fils, n'est-ce pas ?

– C'est ce que Jean m'a affirmé.

– Attention, c'est important : est-ce qu'il ne l'a pas revu parce qu'il ne l'a pas voulu, ou est-ce parce qu'il n'est jamais retourné dans le Sud ?

– À ma connaissance, Jean n'a plus jamais quitté ses terres.

– Jamais ?

– Puisque je te l'affirme. Peux-tu m'expliquer enfin quels sont tous ces mystères ?

– Pourquoi, alors, le serviteur a-t-il l'accent de la langue d'oc, qu'il cache soigneusement en temps normal ?

– Excuse-moi, Alix, mais je ne comprends rien à ton histoire !

– Si le duc Jean, reprit Alix avec patience, n'est jamais retourné dans le Sud, comment en aurait-il ramené ce serviteur ?

– Je n'en sais rien. Je n'en sais rien du tout. Mais quelle importance ? Ah ! Maudite cheville !

– C'est lui ! C'est lui, j'en mettrais ma main au feu !

– Qui, lui ?

– Écoutez, messire Robert : j'ai vu le cortège qui s'éloignait, et alors, l'image m'a frappée : le serviteur vu de dos, c'était… comme le fantôme du duc Jean. Ici, ça ne m'était jamais venu à l'esprit, simplement parce qu'il ne lui ressemblait pas de traits. C'est lui qui a… C'est lui !

– Alix ! On ne peut pas, sur une vague ressemblance…

– Et l'accent du Midi ! Ne perdons pas de temps !

– Arrête, Alix. Réfléchis… Nous ne sommes pas si pressés. Si, comme tu le dis, c'est lui, le prévôt aura tout le temps de rattraper le cortège avant qu'il n'arrive sur les terres de Jean. Calme-toi et écoute : je l'ai vu, moi, le serviteur, après l'attaque. Il était tout pâle, blessé, malade. Il ne ressemblait en rien à un assassin !

Alix fixa Robert. C'était vrai… Et puis, la scène de la faucille lui revint.

– Je parie qu'il s'est fait lui-même cette estafilade à la joue, pour faire plus vrai : il ne pouvait laisser son maître sortir seul, ni revenir indemne de la bagarre. On se serait méfié ! Voilà : il a dû se faire lui-même cette estafilade à la joue, et comme il ne supporte pas la vue du sang… Vous comprenez, ce n'est pas de peur qu'il était blanc, il avait seulement mal au cœur !

– Mais il y a eu bagarre, j'ai vu les bandits filer.

– Quelle bagarre ? Jean a été tué par un poignard lancé, et non au corps à corps. Les bandits étaient seulement chargés d'arrêter les deux hommes, pour laisser à leur chef le temps de viser. J'ai une idée. Venez vite.

– Comment veux-tu ? dit le comte en faisant un geste vers sa cheville.

– Je vais avec elle, si vous voulez, proposa l'écuyer.

– Va.

Alix l'entraîna dans la chambre d'à côté, celle de Jean. La pièce était maintenant entièrement vide, et Alix contempla sans rien dire la tringle à vêtements fichée dans le mur.

– C'est là, bien sûr. C'est là que je l'avais vu, ce fameux costume écarlate ! Comment cela ne m'est-il pas revenu plus tôt !

– Quoi ?

– La cotte à manches de castor. Elle était là : il l'a empruntée, l'a enfilée, est allé voir Ordin en se faisant passer pour un riche seigneur : « écarlate à manches de castor », l'aubergiste me l'a dit. L'homme qui portait ce vêtement est celui qui a commandité le crime.

– Je te signale que cette porte est toujours ouverte, n'importe qui aurait pu entrer !

– Ouverte ? Oui. Depuis la mort du duc Jean. Moi-même je suis venue la fouiller.

– Ah ! eh bien, tu ne manques pas de toupet.

Alix ne releva pas. Elle poursuivait son idée :

– Mais avant, avant la mort du duc… Qui pouvait y pénétrer et emporter sous son bras un vêtement sans attirer l'attention ? (Elle courut à la chambre du comte.) Messire Robert ! J'ai trouvé.

– J'ai tout entendu. Là, Alix, il est possible que tu aies vu juste. Il remarque le vêtement…

– … l'emporte, s'habille, va voir Ordin, se change, revient et suspend de nouveau le tout.

Seulement, le comte n'avait pas d'or… Le serviteur vole donc la bourse d'Étienne. Tout marche !

– Il faut prévenir le prévôt, et qu'on arrête le cortège !… Mais, attends, reste le problème de la bague : l'a-t-il ?

– Ça, je ne sais pas…

– Il nous faudrait cette preuve, Alix, tout le reste n'est que présomptions !

– Pour être sûr, il faut le fouiller.

–Et s'il n'a rien… Te rends-tu compte ? Le prévôt nous tiendra, toi et moi, pour responsables.

Alix regarda amicalement le comte Robert. Finalement, il n'était plus effrayant du tout. Comment avait-elle pu en avoir peur ?

– Il faut interroger les serviteurs, dit-il enfin, les autres. Peut-être ont-ils vu quelque chose ?

– J'y vais.

– Je vais avec toi, proposa l'écuyer. À deux, nous aurons plus vite fait notre enquête.

Robert les regarda sortir. Alix avait sûrement raison, et pourtant… pourtant quelque chose le gênait, dans cette affaire.

•

Alix et l'écuyer descendirent l'étroit escalier, l'un derrière l'autre.

– Celui-là, dit Alix, le serviteur du duc, eh bien, il n'avait pas du tout l'air méchant, je vous assure ! Il avait même perdu un enfant en bas âge et en parlait avec émotion.

– Il te l'a dit ?

– Bien sûr. Je ne sais plus à quel propos, d'ailleurs !

– Il ne faut pas croire tout ce qu'on dit.

Le ton était bizarre.

En franchissant la dernière marche, Alix se retourna. Sans comprendre ce qui lui arrivait, elle perdit l'équilibre, s'écroula sur la porte qui s'ouvrait sur l'escalier du sous-sol et dégringola plusieurs marches. La porte claqua.

•

… Ce qui le gênait, sacrebleu : l'histoire d'Alix ne tenait pas. Lui, Robert, ne connaissait pas l'héritier, c'était une affaire entendue, cependant son écuyer le connaissait : du temps où il était l'écuyer de Jean, il avait fait plusieurs fois le voyage, puisque Jean lui confiait de l'argent pour la mère de Philippe. Il l'aurait donc reconnu.

Dans ce cas, pourquoi n'avait-il rien dit quand Alix posait des questions sur l'héritier ?

Par discrétion, sans doute.

Ou alors…

Une vérité frappa soudain Robert. Comment n'y avait-il pas pensé sur le moment ?

C'était son propre écuyer, qui avait un jour ramené ce serviteur à Jean. Mais alors… Mais alors… Sacrebleu de sacrebleu. Maudite entorse !

•

Alix eut du mal à reprendre ses esprits. Il faisait noir. Quelqu'un la saisit par les cheveux :

– Toujours vivante ?

– Oui, je crois…

– Plus pour longtemps.

– Hein !… Qui… ?

Peu à peu, la mémoire lui revint :

– Ah ! c'est vous, l'écuyer du comte de Tury.

– C'est moi.

Alix respira mieux. Il plaisantait.

– On ne t'a jamais dit, petit poison, qu'il est malsain de mettre son nez partout ?

Le cœur d'Alix s'arrêta. Elle ne comprenait plus rien. Voilà qu'il lui tirait la tête en arrière en ricanant. C'est alors qu'elle s'entendit prononcer :

– C'est… c'est vous l'héritier du duc Jean ?

– Tss tss tss ! Tu le sais bien : c'est l'autre.

L'homme plaqua sa main sur la bouche d'Alix.

– Pour tout le monde, dit-il, tu seras morte d'une chute dans l'escalier. Pas étonnant : une inconsciente comme toi ! Finalement, c'est mieux que la flèche. Bien sûr, ce n'est pas moi, l'héritier du duc Jean. Je me suis contenté de mettre cette affaire en place. Parce que, imagine-toi, je le connais moi, l'héritier, et depuis qu'il est enfant. Et tel que tu me vois, des caisses d'or m'attendent : on partage l'héritage.

Il eut un rictus :

– Un héritage qui a bien failli nous passer sous le nez avec le mariage du duc !

Alix n'arrivait plus à respirer. Elle ne pensait plus à rien. Une voix, une autre voix, lui parvint comme dans un rêve :

– Ah ! Si tu crois pouvoir échapper à ma colère !

La porte venait de s'ouvrir en grand et Basilie s'y encadrait. Furieuse, elle continua :

– Si tu crois que je ne t'ai pas vue te cacher en vitesse, en m'apercevant. Ah ! Tu travaillais soi-disant à la lessive ! Qu'est-ce que…

Basilie fut bousculée. L'écuyer bondit dehors, et son élan fut arrêté par le pied foulé du comte Robert.

– Arrêtez-moi cet homme ! Arrêtez aussi le serviteur du duc Jean !

La phrase finit dans une grimace de douleur.

•

Alix était toute blanche. On lui tamponnait le visage avec du vinaigre. Voilà qu'elle respirait de nouveau. Son regard tomba sur le visage inquiet de Basilie :

– Je te demande pardon, Basilie, mais… (Son visage se détendit en une fraction de seconde, et elle éclata de rire.)… mais c'est la première fois qu'un mensonge me sauve la vie.

– Il me semble qu'elle va mieux, grogna une voix d'homme.

– Ça va, messire Robert. Et vous ? Votre cheville ?

– Je souffre abominablement. J'ai couru dans l'escalier, comme ça. J'ai hésité, remarque bien. Je me suis dit : « Sans elle, le calme va enfin revenir dans le château. D'un autre côté, trop de calme d'un coup lorsqu'on n'y est pas habitué, ça peut vous tuer un homme. Sire Orderic est bien vieux maintenant pour qu'on change ses habitudes. »

– Vous êtes trop bon, messire Robert…

Oh ! Que tout allait bien, tellement bien. Alix avait un peu mal à la tête, rien de plus, et ça ne l'empêchait pas de rire.

– Il faut que j'aille tout raconter à Is… à damoiselle Isabelle. Voulez-vous que je vous aide à remonter à votre chambre, messire Robert ?

Elle se releva.

Avant que le comte ait pu répondre, une voix fâchée interpella :

– Ah, te voilà, toi !

Aïe ! Encore un problème !

Le valet s'arrêta aussitôt qu'il reconnut le comte auprès d'Alix.

– Eh bien, Alix, dit Robert en levant les bras au ciel, je vois que tu as de plus réussi à t'attirer des ennuis avec les domestiques. Tu es vraiment impossible !

Encouragé, le valet reprit :

– Et ma chemise ! C'était gentil de vouloir la laver, cependant j'aurais fait la chose plus vite moi-même. Celle que je porte commence à être plus que sale. Tu m'excuseras, mais je n'en possède que deux, et je voudrais bien récupérer la première pour pouvoir laver celle-ci.

– Les chemises ! se rappela soudain Alix en se frappant le front, les cinq chemises... Cinq au lieu de six, avait même dit Thomas. Cinq au lieu de six ! Voilà, messire Robert, je me rappelle l'histoire du serviteur : il lavait lui-même sa chemise, et...

Son visage se tendit, son front se plissa, et elle finit enfin :

– ... en pénitence... pour la mort de son enfant... Nom de nom ! Sire Robert, il la remettait mouillée sur lui. Mouillée! Sire Robert, il faut prévenir le prévôt que la bague est cousue dans sa chemise, j'en suis sûre et certaine !

Épilogue

– Seigneur Étienne, vous êtes là ?

Dans la vaste salle, la table avait de nouveau été dressée, cette fois beaucoup plus modeste que d'habitude.

– J'en ai l'autorisation officielle, Alix. Tous les autres seigneurs sont partis ce matin, et sire Orderic m'a demandé de rester.

Il caressa un lévrier qui avait posé sa tête longue et étroite sur son genou et dont les yeux brillants reflétaient les hautes flammes de la cheminée.

– Il s'appelle Rebors, expliqua Alix. C'est le plus vieux. Il est très gourmand, mais comme il n'a presque plus de dents, il faut mâcher un peu le pain avant de le lui donner. Vous y penserez ?

– J'y penserai, Alix.

– Et puis Humbaut, c'est celui-ci. Alors lui… pas de pain, hein ? Il est beaucoup trop gros ! Par contre, les pommes, il a le droit. Seulement les épluchures. C'est son régal !

Étienne souriait avec amusement :

– J'y penserai aussi, dit-il.

Alix le regarda un instant, tout émue, puis éclata soudain :

– Je suis si heureuse, sire Étienne !

En un éclair, elle lui avait déposé un baiser sur la main. Elle prit alors son air mutin :

– Je vais chercher damoiselle Isabelle… Car elle vient souper ici, ce soir, le saviez-vous ?

Et elle s'envola dans l'escalier.

Table des matières